KB097332

비타민 詩

비타민 詩

홍해리 시선집

우리글

시선 《비타민 詩》를 위하여

새천년 들어 드러낸 시집 《봄, 벼락치다》, 《푸른 느낌표!》와
《황금감옥》에서 내 시의 비타민 C를 뽑아
시선집 《비타민 詩》를 엮는다.

'우리는 자연으로 가야 합니다.

시는 우리 영혼의 비타민,

자연이 되기까지 하루 한 알이면 충분합니다.

비타민 詩를 복용합시다.'

2008년 가을날

우이동 골짜기에서

홍해리洪海里

목차

비
타
민 詩

봄, 벼락치다

천길 낭떠러지다, 봄은.

어디 불이라도 났는지
흔들리는 산자락마다 연분홍 파르티잔들
역병이 창궐하듯
여북했으면 저리들일까.

나무들은 소신공양을 하고 바위마다 향 피워 예불 드리는
데 겨우내 다독였던 몸뚱어리 문 열고 나오는 게 춘향이 여
부없다 아련한 봄날 산것들 분통 챙겨 이리저리 연을 엮고
햇빛이 너무 맑아 내가 날 부르는 소리,

우주란 본시 한 채의 집이거늘 살피가 어디 있다고 새 날
개 위에도 꽃가지에도 한자리 하지 못하고 잠행하는 바람처
럼 마음의 삭도를 끼고 멍이 드는 윤이월 스무이틀 이마가
서늘한 북한산 기슭으로 도지는 화병,

벼락치고 있다, 소소명명!

참꽃女子 · 15

산등성이 지는 해, 네 앞에선

어찌 절망도 이리 환한지

사미니 한 년

산문山門에 낯 붉히고 서 있네.

처녀치마

철쭉꽃 날개 달고 날아오르는 날
은빛 햇살은 오리나무 사이사이
나른, 하게 절로 풀어져 내리고,
은자나 된 듯 치마를 펼쳐 놓고
과거처럼 앉아 있는 처녀치마
네 속으로 한없이 걸어 들어가면
몸 안에 천의 강이 흐르고 있을까
그리움으로 꽃대 하나 세워 놓고
구름집의 별들과 교신하고 있는
너의 침묵과 천근 고요를 본다.

그런 詩!

거문고가 쉴 때는
줄을 풀어
절간 같지만
노래할 때는 팽팽하듯이,

그런 詩!

말의 살진 엉덩이에
'묵언默言'의 화인火印을 찍는다
언어言語
도단道斷이다.

둥근잎나팔꽃

아침에 피는 꽃은 누가 보고 싶어 피는가
홍자색 꽃 속으로
한번 들어가 보자고,
가는 허리에 매달려 한나절을 기어오르다
어슴새벽부터 푸른 심장 뛰는 소리---,
헐떡이며 몇 백 리를 가면
너의 첫 입술에 온몸이 녹을 듯, 허나,
하릴없다 하릴없다 유성처럼 지는 꽃잎들
그림자만 밟아도 슬픔으로 무너질까
다가가기도 마음 겨워 눈물이 나서
너에게 가는 영혼마저 지워 버리노라면
억장 무너지는 일 어디 하나 둘이랴만
꽃 속 천리 해는 지고
타는 들길을 홀로 가는 사내
천년의 고독을 안고, 어둠 속으로,
뒷모습이 언뜻 하얗게 지워지고 있다.

비 그친 오후

― 선연가嬋娟歌

집을 비운 사이
초록빛 탱글탱글 빛나던 청매실 절로 다 떨어지고
그 자리
매미가 오셨다, 떼로 몰려 오셨다

조용하던 매화나무
가도 가도 끝없는 한낮의 넘쳐나는 소리,
소낙비 소리로,
나무 아래 다물다물 쌓이고 있다

눈물 젖은 손수건을 말리며
한평생을 노래로 재고 있는 매미들,
단가로 다듬어 완창을 뽑아대는데, 그만,
투명한 손수건이 하염없이 또 젖고 젖어,

세상 모르고
제 세월을 만난 듯
쨍쨍하게 풀고 우려내면서
매미도 한철이라고 노래하고 있는 것인가

비 그친 오후

일제히 뽑아내는 한줄기 매미소리가

문득

매화나무를 떠안고 가는 서녘 하늘 아래,

어디선가

심 봉사 눈 뜨는 소리로 연꽃이 열리고 있다

얼씨구!

잘한다!

그렇지!

추임새가 덩실덩실 춤을 추고 있다.

* 선연嬋娟 : 매미를 이르는 말은 '선연蟬娟'이나 매미의 자태가 예쁘다
  하여 '嬋娟' 이라고도 함.

추억, 지다

한여름 다 해질녘
봉숭아 꽃물을 들인다
꽃을 따 누이의 손톱마다
고운 물을 들인다
이쁜 반달손톱 속에는 벌써
첫눈이 내린다
매미 소리 한철 같은 누이의
첫사랑이 내린다
추억이 짓는 아스라한 한숨소리
손톱 속으로 스며들고
손가락 꼭꼭 싸맨 그리움이
추억추억 쌓이고 있다
해 설핏한 저녁에 꽃물을 들이는
눈썹마당에 이는 바람인 듯
슬슬슬 어스름이 내릴 때
가슴속에선 누가 북을 치고 있는지
다소곳 여민 적삼 안으로
그리움이 스멀스멀 스며들고
입술 촉촉 젖어 살짝 깨무는 소리

어스레한 누이의 젖은 눈가로
봉숭아꽃 하나 둘 지고 있었다.

숫돌은 자신을 버려 칼을 벼린다

제 몸을 바쳐
저보다 강한 칼을 먹는
숫돌,

영혼에 살이 찌면 무딘 칼이 된다.

날을 세워 살진 마음을 베려면
자신을 갈아
한 생을 빛내고,

살아남기 위해서는 버려야 한다.

서로 맞붙어 울어야
비로소 이루는
상생相生,

칼과 숫돌 사이에는 시린 영혼의 눈물이 있다.

하산下山
– 한거일지閑居日誌 · 10

까막산 구로암求路庵에서
하산하다
이곳이 선계
사람 사는 곳
진흙구렁이라도 정답고
개똥밭이라도 좋다
구로암에서 길을 찾는 일
길은 어디에도 보이지 않았다
다만 내 마음속으로 나 있을 뿐
불 없는 고행길은 끝이 없고
짐승들 울부짖는 소리만
산천에 가득하다
하루 종일 잠들지 못하고
암흑의 깊은 골짜기
나는 내려간다
내 마음속의 길을 따라
세상은 그래도 푸르고 환하다
아직은 따뜻하다.

매화나무 책 베고 눕다

겨우내 성찰한 걸 수화로 던지던 성자 매화나무
초록의 새장이 되어 온몸을 내어 주었다
새벽 참새 떼가 재재거리며 수다를 떨다 가고
아침 까치 몇 마리 방문해 구화가 요란하더니
나무 속에 몸을 감춘 새 한 마리
끼역끼역, 찌익찌익, 찌릭찌릭! 신호를 보낸다
'다 소용없다, 하릴없다!' 는 뜻인가
내 귀는 오독으로 멀리 트여 황홀하다
한치 앞도 모르는 게 인생이라는데
고요의 바다를 항해하는 한 잎의 배
죄 되지 않을까 문득 하늘을 본다
창공으로 날아오르는 입술들, 혓바닥들
천의 방언으로 천지가 팽팽하다, 푸르다
나무의 심장은 은백색 영혼의 날개를 달아
하늘 높이 날아오르고
언어의 자궁인 푸른 잎들
땡볕이 좋다고 금빛으로 반짝이고 있다
파다하니 뱉는 언어가 금방 고갈되었는지
적막이 낭자하게 나무를 감싸안는다

아직까지 매달려 있는 탱탱한 열매 몇 알
적멸로 씻은 말 몇 마디 풀어내려는지
푸른 혓바닥을 열심히 날름대고 있다
바람의 말, 비의 말, 빛의 말들
호리고 감치는 품이 말끔하다 했는데
눈물에 젖었다 말랐는지 제법 가락이 붙었다
그때,
바로 뒷산에서 휘파람새가 화려하게 울고
우체부 아저씨가 다녀가셨다
전신마취를 한 듯한, 적요로운, 오후 3시.

난타

양철집을 짓자 장마가 오셨다
물방울 악단을 데리고 오셨다
난타 공연이 밤새도록 계속되었다
빗방울은 온몸으로 두드리는 하늘의 악기
관람하는 나무들의 박수소리가 파랗다
새들은 시끄럽다고 슬그머니 사라지고
물방울만 신이 나서 온몸으로 울었다
천둥과 번개의 추임새가 부서진 물방울로
귀명창 되라 귀와 눈을 씻어주자
소리의 절벽들이 귀가 틔어서
잠은 물 건너가고 밤은 호수처럼 깊다
날이 새면 저놈들은 산허리를 감고
세상은 속절없는 꿈에서 깨어나리라
깨어지면서 소리를 이룬 물방울들이
다시 모여 물의 집에 고기를 기르려니,

방송에선 어디엔가 물난리가 났다고
긴급 속보를 전하고 있다
약수若水가 수마水魔가 되기도 하는 생의 변두리
나는 지금 비를 맞고 있는 양철북이다.

5월에 길을 잃다

팍팍한 길 나 홀로 예까지 왔네
나 이제 막막한 길 가지 못하네
눈길 끄는 곳마다
찔레꽃 입술 너무 매워서
마음 가는 곳마다
하늘 너무 푸르러 나는 못 가네

발길 닿는 곳마다 길은 길이니
갈 수 없어도 가야 하나
길은 모두 물로 들어가고
산으로 들어가니
바닷길, 황톳길 따라 가야 하나
돌아설 수 없어 나는 가야 하나

어디로 가나
어디로 가나.

홍해리洪海里는 어디 있는가

시詩의 나라
우이도원牛耳桃源
찔레꽃 속에 사는
그대의 가슴속
해종일
까막딱따구리와 노는
바람과 물소리
새벽마다 꿈이 생생生生한
한 사내가 끝없이 가고 있는
행行과 행行 사이
눈 시린 푸른 매화,
대나무 까맣게 웃고 있는
솔밭 옆 마을
꽃술이 술꽃으로 피는
난정蘭丁의 누옥이 있는
말씀으로 서는 마을
그곳이 홍해리洪海里인가.

무화과無花果

애 배는 것 부끄러운 일 아닌데
그녀는 왜 꼭꼭 숨기고 있는지
대체 누가 그녀를 범했을까
애비도 모르는 저 이쁜 것들, 주렁주렁,
스스로 익어 벙글어지다니
은밀이란 말이 딱 들어맞는다
오늘밤 슬그머니 문지방 넘어가 보면
어둠이 어둡지 않고 빛나고 있을까
벙어리처녀 애 뱄다고 애 먹이지 말고
울지 않는 새 울리려고 안달 마라
숨어서 하는 짓거리 더욱 달콤하다고
열매 속에선 꽃들이 난리가 아니다
질펀한 소리 고래고래 질러대며
무진무진 애쓰는 혼 뜬 사내 하나 있다.

은자隱者의 꿈

산 채로 서서 적멸에 든
고산대의 주목朱木 한 그루,

타협을 거부하는 시인이
거문고 줄 팽팽히 조여 놓고
하늘관棺을 이고
설한풍 속 추상으로 서 계시다.

현과 현 사이
바람처럼 들락이는
마른 울음
때로는
배경이 되고
깊은 풍경이 되기도 하면서,

듣는 이
보는 이 하나 없는
한밤에도 환하다
반듯하고 꼿꼿하시다.

독

네 앞에 서면
나는 그냥 배가 부르다

애인아, 잿물 같은
고독은 어둘수록 화안하다

눈이 내린 날
나는 독 속에서 독이 올라

오지든 질그릇이든
서서 죽는 침묵의 집이 된다.

낙엽을 밟으며

개벽의 울음에서
묵연한 적멸까지
이승에서 저승인데
내가 가야 할 길
한치 앞이 천리인가 만리인가
피는 아직 시커멓게 울어도
아무것도 보지 못하고
듣지 못하는
앉은뱅이야
천년 만년 살 것처럼 하지 마라.

소리 없이 세상 열고
조용히 흔들리다
그냥 떨어져 내리는
화엄의 경을 보라
상처 없이 물든 이파리가 있는지
느티나무에서 옻나무까지
한평생 눈물로 씻고 울음으로 삭인
한 잎 한 잎 사리로 지는데

함부로 밟지 마라

낙엽만도 못한 인생들아.

일탈逸脫

1
귀 눈 등 똥
말 멱 목 발
배 볼 뺨 뼈
살 샅 손 숨
씹 이 입 좆
침 코 턱 털
피 혀 힘…

몸인 나,
너를 버리는데 백년이 걸린다
그것이 한평생이다.

2
내가 물이고
꽃이고 불이다
흙이고 바람이고 빛이다.

그리움 사랑 기다림 미움 사라짐 외로움 기쁨 부끄러움

슬픔 노여움과 눈물과 꿈, 옷과 밥과 집, 글과 헤어짐과

아쉬움과 만남 새로움 서글픔

그리고 어제 괴로움 술 오늘 서러움 노래 모레 두려움

춤 안타까움 놀라움 쓸쓸함

(내일은 없다)

그리고 사람과 삶, 가장 아름다운 불꽃처럼

우리말로 된 이름씨들 앞에서

한없이 하릴없이 하염없이 힘이 빠지는 것은

아직 내게 어둠이 남아 있기 때문일까

한 그릇의 밥이 있어서일까

일탈이다, 어차피 일탈逸脫이다.

세란정사洗蘭精舍

우이동 골짜기
새끼손톱만한 절 한 채 있네
절이 아니라 암자 하나 숨어 있네
난초 이파리나 씻으며 산다는
시를 쓴답시고 초싹이는 땡초
날 맑고 푸른 어느 날
마당에 나는 고추잠자리를 보고
시도 때도 없이 하늘 날고
집도 절도 없어도 내려앉는
자유자재의 길이여
그 무소유의 소유를 보고
시여 날아다오 날아다오 빌고 있네
'자네가 쓰는 시는 시도 아니다
자네가 쓰는 것도 아니다
자네가 어찌 시를 쓰겠는가
시는 어디 있는가
이미 쓰여져 있지 않은가' 하는 소리
첩년의 머리 위에 내리는 이슬비처럼
삽시간 그 사내를 적시고 있네

비에 젖은 그의 영혼의 밥그릇에

숟가락 하나 세워 삽시를 하고

잔 가득 매실주 넘치도록 첨작을 하며

울컥울컥 넘어오는 아픔 되삼키고 있네

눈앞에 널려 있는 시詩를 보지 못하고

먼 길을 돌아돌아 홀로 가는 길

어지럽고 숨이 차 헐떡이고 있을 때

벌들의 공중누각을 잎새로 가리고 있는

마당가 오죽 몇 그루 바람소리로 웃고 있네.

한가을 지고 나면

기적도 울리지 않고 열차가 들어온다

한갓되이 꽃들이 철길 따라 피어 있다

굴을 지날 때 승객들은 잠깐 숨이 멎는다

역사에는 개망초처럼 소문이 무성하다

기약 없이 열차는 다음 역을 향해 떠난다

꽃잎 지는 역은 장 제자리에 있다

봄이 오기까지 몇 년을 기다려야 한다.

소금쟁이

북한산 골짜기
산을 씻고 내려온 맑은 물
잠시,
머물며 가는 물마당
소금쟁이 한 마리
물 위를 젓다
뛰어다니다,
물속에 잠긴 산 그림자
껴안고 있는 긴 다리
진경산수
한 폭,

적멸의 여백.

맛에 대하여

맛을 맛답게
맛을 맛나게 하고
맛의 맛을 더해 주는 것은 쓴맛이지
쓴맛 단맛 다 보고 나면 쓴맛이 달 듯
‘맛있어요’라는 말은 ‘맛이 써요’가 아닌가
냄새로 맡는 맛과
느껴서 맡는 맛도 맛은 맛이고
눈으로 맛있다 하고
맛있는 소리에 귀를 여는 것과
때로는 소금밭에 젖는 것도
뜨거운 맛과
매운 맛도
미각 세포를 자극하는 것과 다를 바 없지만
맛은 역시 쓴맛이 으뜸
쓴맛을 본 사람이 사람맛이 나지
쓸개 빠진 놈이 무슨 맛이 있으랴
소태 같이 쓰디쓴 시詩 한 편 써서
입이 써서 밥 못 먹는 이들
입맛 밥맛 돌게 할 수 있다면 오감하겠네
맛있는 시詩의 맛처럼!

지는 꽃에게 묻다

지는 게 아쉽다고 꽃대궁에 매달리지 마라

고개 뚝뚝 꺾어 그냥 떨어지는 꽃도 있잖니

지지 않는 꽃은 추억이라는 이름으로 피어나

과거로 가는 길 그리 가까웁게 끌고 가나니

너와의 거리가 멀어 더욱 잘 보이는 것이냐

먼 별빛도 짜장 아름답게 반짝이는 것이냐.

점심點心에 대하여

점심은 한가운데 점을 보는 것이다
오늘 점심은 마음에 까만 점을 놓는다
아니, 가슴에 불을 켠다
배꼽은 텅 빈 바다에 둥둥 떠돌고 있다
오늘 점심은 2500원짜리 자장면으로 때운다
매끄러운 면발의 먼 길을 들고 나면
전신으로 졸음이 솔솔 불어온다
자장자장 자장가도 흘러든다
금방 그릇 가득 희망과 절망이 출렁인다
2500원이면 퇴계 선생 두 분과
은빛 하늘을 날아가는 학이 한 마리
자장면을 비울 때는
자장면이 아니라 짜장면이라고 해야 짜장,
맛이 더 나는지 알 수가 없다
나와 나 사이의 틈새를 날릴 소주 한잔 속에
가벼운 봄날을 새 한 마리 졸고 있다
도포를 입으면 도포짜리
삿갓을 쓰면 삿갓짜리가 되지만
도포도 없고 삿갓도 없어

봄날이 짜릿짜릿하다
슬픔의 힘은 아름답고 점심은 즐겁다
퇴계 두 분과 한 마리 학을
까만 자장면과 바꾸는 일은 위대한 거래다
눈을 감으면
세 마리 학이 나른나른 날고 있다.

꽃나무 아래 서면 눈물나는 사랑아

꽃나무 아래 서면 눈이 슬픈 사람아
이 봄날 마음 둔 것들 눈독들이다
눈멀면 꽃 지고 상처도 사라지는가
욕하지 마라, 산 것들 물오른다고
죽을 줄 모르고 달려오는 저 바람
마음도 주기 전 날아가 버리고 마니
네게 주는 눈길 쌓이면 무덤 되리라
꽃은 피어 온 세상 기가 넘쳐나지만
허기진 가난이면 또 어떻겠느냐
윤이월 달 아래 벙그는 저 빈 자궁들
제발 죄 받을 일이라도 있어야겠다
취하지 않는 파도가 하늘에 닿아
아무래도 혼자서는 못 마시겠네
꽃나무 아래 서면 눈물나는 사랑아.

꽃다지꽃

꽃에서 꽃으로 가는 완행열차
나른한 봄날의 기적을 울리며 도착하고 있다
연초록 보드란 외투를 걸친 쬐그마한 계집애
샛노랗게 웃고 있는 앙증맞은 몸뚱어리
누가 천불나게 기다린다고
누가 저를 못 본다고
포한할까 봐 숨막히게 달려와서
얼음 녹아 흐르는 투명한 물소리에, 겨우내내
염장했던 그리움을 죄다 녹여, 산득산득
풀어 놓지만 애먼 것만 잡는 건 아닌지
나무들은 아직도 생각이 깊어 움쩍 않고
홀로 울고 있는 초등학교 풍금소리 가득 싣고
바글바글 끓고 있는 첫사랑,

꽃다지꽃.

까막딱따구리, 울다

까막딱딱!
까막딱딱!

까막딱따구리한쌍이나무를찍고있다
저들의 울력에 나무가 살을 내주고 있다
그것이 나무의 천품天稟이다
나무의 어둠은 깊다
끝없는 심연이다
속살 속으로 깊이 파고들면
나무의 나이가 흔들리고
드디어 오동나무가 운다
텅 빈 오동이 소리를 한다
때로는 가야금으로
때로는 거문고로 울고 있다
나무는 서러운 것이 아니다
비잠주복飛潛走伏하는것들모두귀를열고있다

까막딱딱!
까막딱딱!

처음이라는 말

'처음'이라는 말이 얼마나 정겨우냐
'첫'자만 들어도 가슴 설레지 않느냐
첫 만남도 그렇고
풋사랑의 첫 키스는 또 어떠냐
사랑도 첫사랑이지
첫날밤, 첫새벽, 첫정, 첫걸음, 첫나들이
나는 너에게 마지막 남자
너는 나에게 첫 여자이고 싶지
첫차를 타고 떠나라
막차가 끊기면 막막하지 않더냐
"처음 뵙겠습니다
잘 부탁합니다"
그렇게 살 수는 없을까
하늘 아래 새것은 없다지만
세상은 새롭지 않은 것 하나 없지
찰나가 영원이듯
생生은 울음으로 시작해 침묵으로 끝나는
물로 시작해 불로 끝나는
홀로 왔다 홀로 가는 긴 여로
처음이란 말이 얼마나 좋으냐.

가을 들녘에 서면

다들 돌아간 자리
어머니 홀로 누워 계시네
줄줄이 여덟 자식 키워 보내고
다 꺼내 먹은 김칫독처럼
다 퍼내 먹은 쌀뒤주처럼
한 해의 고단한 노동을 마친
허허한 어머니의 생生이 누워 계시네
알곡 하나하나 다 거두어 간
꾸불꾸불한 논길을 따라
겨울바람 매섭게 몰려오는
기러기 하늘
어둠만 어머니 가슴으로 내려앉고
멀리 보이는 길에는 막차도 끊겼는가
낮은 처마 밑 흐릿한 불빛
맛있는 한 끼의 밥상을 위하여
빈 몸 하나 허허로이 누워 계시네.

가을 산에서

－ 牛耳詩篇 · 8

혼백을 하늘로 땅으로 돌려보낸

텅 빈 자궁 같은, 또는

생과 사의 경계 같은

가을 산에 서 있었네

지난봄 까막딱따구리가 파 놓은

오동나무 속 깊이

절 한 채 모셔 놓고

가지에 풍경 하나 달아 놓았네

감국 구절초 쑥부쟁이에게

안부를 남기고

물이 만들고 간 길을 따라

내려오다 보니

무장무장

먼 산에 이는 독약 같은 바람꽃

맑은 영혼의 나무들이 등불을 달고

여름내 쌓인 시름을 지우고 있었네

서리 내릴 때 서리 내리고

스러지는 파도가 다시 일어서는 것처럼

지나간 세월이 내일의 꿈이 될 수 있을까

먼 길이 다가서는 산에 혼자 서 있었네.

고추꽃을 보며

누구 하나 거들떠보지도 않는
저 작고 보잘것없는 흰 꽃
쥐 죽은 듯 조용하다
어찌 저것이 밀애를 했나
푸른 고추를 달고
소리 소문도 없이 속에 하얀 씨앗을 가득 담는지
햇빛 쨍한 날
어느새 검붉게 피를 토하며
시뻘건 독을 모아
씨앗들을 노랗게 영글리는지
짤랑짤랑 방울 소리를 내는지
참,
모를 일일세
허구한 날
하고많은 꽃 다 제쳐두고
오늘 내 네 앞에서 전전긍긍하는 것은
내 버린 영혼을 네 매운 몸으로
비벼대고 싶어서일까 몰라
오랫동안 햇빛에 취한 너를 보며

내 홀로 골몰하는 것은
너의 우화등선
아니 수중 침전을 위해서인가
드디어
네가 죽어 눈앞이 환하다
세상이 시원하다
어, 시원해,
잘 익어 곰삭은 고추장 만세!

영원이란 무엇인가

나의 직선과 너의 곡선이 만나야
사랑이란 원이 된다 하지 않더냐
그것도 너의 이분법으로는 하루도 천년이다
시위의 힘으로 날아가는 화살처럼
유연하고 팽팽한 휘어짐이 아름다운 법이지
네 앞에서 말더듬이가 되던 나는 직선이었던가
머뭇거리던 곡선의 그윽함이었던가
떠나는 것에 대하여
사라지는 것에 대하여 말하지 말라
곡선은 직선이길 원하나
직선은 늘 원을 이루는 바탕이니
어디가 시작이고 끝이 어디인가
서둘지 말라
네 속에 꿈틀대는 수많은 곡선을 보라
현빈玄牝의 꽃을 보라
낮게 낮게 흐르는 물소리 들리지 않느냐
물소리를 내는 것은 부드러운 곡선이다
곧은 세월이 세상을 둥글게 만든다
영원은 떨리는 영霁이요 원願이다
둥글둥글!

요 요

우체국 가는 길

초등학교 앞

어른 키만한 나무

구름일 듯 피어나는 복사꽃

헤실헤실 웃는 꽃잎들

가지 끝 연둣빛 참새혓바닥

일학년 일과 파할 무렵

이따금 터지는 뻥튀기

혼자서 놀고 있는 눈부신 햇살

요요하다.

연가

― 지아池娥에게

맷방석 앞에 하고
너와 나 마주앉아 숨을 맞추어
맷손 같이 잡고 함께 돌리면
맷돌 가는 소리 어찌 곱지 않으랴
세월을 안고 세상 밖으로 원을 그리며
네 걱정 내 근심 모두 모아다
구멍에 살짝살짝 집어넣고 돌리다 보면
손잡은 자리 저리 반짝반짝 윤이 나고
고운 향기 끝 간 데 없으리니
곰보처럼 얽었으면 또 어떠랴 어떠하랴
둘이 만나 이렇게 고운 가루 갈아 내는데
끈이 없으면 매지 못하고
길이 아니라고 가지 못할까
가을가을 둘이서 밤 깊는 소리
쌓이는 고운 사랑 세월을 엮어
한 생生을 다시 쌓는다 해도
이렇게 마주앉아 맷돌이나 돌리자
나는 맷중쇠 중심을 잡고
너는 매암쇠 정을 모아다

설움도 아픔까지 곱게 갈아서

껍질은 후후 불어 멀리멀리 날리자

때로는 소금처럼 짜디짠 땀과 눈물도 넣고

소태처럼 쓰디쓴 슬픔과 미움도 집어넣으며

둘이서 다붓 앉아 느럭느럭 돌리다 보면

알갱이만 고이 갈려 쌓이지 않으랴

여기저기 부딪치며 흘러온 강물이나

사정없이 몰아치던 바람소리도

추억으로 날개 달고 날아올라서

하늘까지 잔잔히 어이 열리지 않으랴.

새벽 세 시

단단한 어둠이 밤을 내리찍고 있다
허공에 걸려 있는
칠흑의 도끼,
밤은 비명을 치며 깨어지고
빛나는 적막이 눈을 말똥처럼 뜨고 있다.

동백꽃 속에는 적막이 산다

뚝!

아름다운 남루

잘 썩은 진흙이 연꽃을 피워 올리듯
산수유나무의 남루가
저 눈부시게 아름다운 빛깔을 솟구치게 한
힘이었구나!
누더기 누더기 걸친 말라빠진 사지마다
하늘 가까운 곳에서부터
잘잘잘 피어나는 꽃숭어리
바글바글 끓어오르는 소리
노랗게 환청으로 들리는 봄날
보랏빛 빨간 열매들
늙은 어머니 젖꼭지처럼, 아직도
달랑, 침묵으로 매달려 있는
거대한 시멘트 아파트 화단
초라한 누옥 한 채
쓰러질 듯 서 있다.

이 막막한 봄날
누덕누덕 기운 남루가 아름답다.

옥매원玉梅園의 밤

  수천 수만 개의 꽃등을 단 매화나무가 날리는 향香이 지어
놓은 그늘 아래 꽃잎 띄운 술잔에 열이레 둥근 달도 살그머니
내려와 꽃잎을 타고 앉아 술에 젖는데,

  꽃을 감싸고 도는 달빛의 피리 소리에 봄밤이 짧아 꽃 속
의 긴 머리 땋아 내린 노랑 저고리의 소녀가 꽃의 중심中心을
잡아,

  매화를 만나 꽃잎을 안고 있는 술잔을 앞에 놓고 부르르부
르르 진저리를 치고 있는
  시인詩人들,

  차마
  잔盞을 들지도 못한 채 눈이 감겨 몸 벗어 집어던지고.

푸른 느낌표!

– 보세란報歲蘭

삼복 더위, 가을을 넘더니
아세亞歲 지나
새해가 온다고, 너는
나를 무너뜨리고 있다
네 곁을 지켜주지 못하는
나의 무력함…
겨우내 감싸주지 못한
너의 외로움
밤새도록 몸이 뜨겁더니
안개처럼 은밀하니 옷을 벗고
달을 안은 수정 물빛으로
절망의 파편들을 버리고
드디어 현신하다
수없이 날리는 향香의 화살들
눈물겨운 순수의 충격이다
새천년 첫 해오름과
첫날밤의 달빛으로
수천 억겁의 별빛을 모아
내 가슴에 쏟아 붓는,

적요의 환희와

관능의 절정

너는 불꽃의 혀로 찍는 황홀한 구두점

또는

푸른 느낌표!

지는 꽃에는 향기가 있다

한겨울 잠든 지붕 아래
밤새도록 도굴한 하얀 뼈
백지에 묻는다
내 영혼의 그리운 밥상, 따순
뼈와 뼈에 틈새가 난다
빛을 내지 못하고 받아들이기만 하는
그대와 나의 살피
그곳에 피어나는 노래

— 영원을 노래하라 우주를 노래하라
  생명을 노래하라 자연을 노래하라
  영원은 찰나 속에 묻고
  찰나는 영원 속에 있어
  그들을 잇는 밀삐는 하나라네 —

절필하라 절필하라 외치며
추락하는 마침표들

백지 위에 허상의 집을 짓고

향기나는 뼈로, 부드러운 뼈로

현현할 나의 시여

지지 않는 꽃에는 향기가 나지 않는다

모순으로 마감하는

나의 뼈여, 나의 시여.

지독한 사랑

나,
이제
그대와 헤어지려 하네
지난
60년 동안 나를 먹여 살린
조강지처
그대를 이제 보내주려 하네
그간 단단하던 우리 사이
서서히 금이 가고
틈이 벌어져
이제 그대와 갈라서려 하나
그대는 떠나려 하지 않네
남은 생을 빛내기 위해
금빛 처녀 하나 모셔올까
헤어지는 기념으로
사진도 두 번이나 찍고
그대와 나 사이를 이간질하던
나의 나태와 무관심을 나무랐지만
그대를 버리기

이렇게 힘들고 아플 줄이야

이 좋은 계절

빛나는 가을에

오, 나의 지독한 사랑,

6번 어금니여

나 이제 그대와 작별하려 하네!

가을 들녘에 서서

눈멀면
아름답지 않은 것 없고

귀먹으면
황홀치 않은 소리 있으랴

마음 버리면
모든 것이 가득하니

다 주어버리고
텅 빈 들녘에 서면

눈물겨운 마음자리도
스스로 빛이 나네.

차용증/각서

천금阡金 시일만편정詩壹萬篇整

위의 금액을 정히 차용하였으나 지금은 이자는커녕 원금조차도 반제할 수 없을 뿐만 아니라 앞으로도 얼마나 더 차용할 지도 모르지만 이 금액을 죽을 때까지 조금씩 지불하되 만일 약속을 이행하지 못할 경우 어떤 법적 조치도 감수하겠기에 이 각서에 명시합니다.

단, 나의 시는 풀 물 꽃 흙 나무 하늘 사랑 바다 사람임.

2001년 3월 1일

142-892 서울特別市 江北區 牛耳洞 124-17

주민등록번호 : 000818-1020000

洪 海 里

영원한 무한 채권자인 위대한 대자연大自然 님 귀하

연꽃바다 암자 한 채

1
꽃은 핀 적도
진 적도 없다
은은한 향기 먼 기억으로 번질 뿐
꽃은 피지도
지지도 않는다.

2
가벼운 목숨이 스치고 지나가는
암자의 하늘
조금은 쓸쓸한 물빛이 감돌아
동자승 눈썹 위에 연꽃이 피고
바람이 이슬방울 굴리고 있다.

3
풍경소리 또르르 또르르 울고 있다.

가벼운 바람

사람아

사랑아

외로워야 사람이 된다 않더냐

괴로워야 사랑이 된다 않더냐

개미지옥 같은 세상에서

살얼음판 같은 세상으로

멀리 마실갔다 돌아오는 길

나를 방생하노니

먼지처럼 날아가라

해탈이다

밤안개 자분자분 사라지고 있는

섣달 열여드레 달을 배경으로

내 생의 무게가 싸늘해

나는 겨자씨만큼 가볍다.

엽서

시월 내내 피어오르는
난향이 천리를 달려와
나의 창문을 두드립니다
천수관음처럼 서서
천의 손으로
향그런 말씀을 피우고 있는
새벽 세시
지구는 고요한 한 덩이 과일
우주에 동그마니 떠 있는데
천의 눈으로 펼치는
묵언 정진이나
장바닥에서 골라! 골라!를 외치는 것이
뭐 다르리오 마는
삐약삐약! 소리를 내며
눈을 살며시 뜨고
말문 트는 것을 보면
멀고 먼 길
홀로 가는 난향의 발길이
서늘하리니,

천리를 달려가 그대 창문에 닿으면

'여전히

묵언 정진 중이오니

답신은 사절합니다'

그렇게 받아 주십시오

그러나

아직 닿으려면 천년은 족히 걸릴 겁니다.

먹통사랑

제자리서만 앞뒤로 구르는

두 바퀴수레를 거느린 먹통,

먹통은 사랑이다

먹통은 먹줄을 늘여

목재나 석재 위에

곧은 선을 꼿꼿이 박아 놓는다

사물을 사물답게 낳기 위하여

둥근 먹통은 자궁이 된다

모든 생명체는 어둠 속에서 태어난다

어머니의 자궁도 어둡고

먹통도 깜깜하다

살아 있을 때는 빳빳하나

먹줄은 죽으면 곧은 직선을 남겨 놓고

다시 부드럽게 이어진 원이 된다

원은 무한 찰나의 직선인 계집이요

직선은 영원한 원인 사내다

그것도 모르는 너는 진짜 먹통이다

원은 움직임인 생명이요

또 다른 생명을 탄생시키기 위해 직선이 된다

둥근 대나무가 곧은 화살이 되어 날아가듯
탄생의 환희는 빛이 되어 피어난다
부드러운 실줄이 머금고 있는
먹물이고 싶다, 나는.

가을 서정抒情

1. 가을 시詩

여름내 말 한마디 제대로 고르지 못해
비루먹은 망아지 한 마리 끌고 올라와
오늘은 잘 닦은 침묵의 칼로 목을 치니
온 산이 피로 물들어 빨갛게 단풍 들다.

2. 상강霜降

가을걷이 기다리는 가득한 들판
시인들은 가슴속이 텅텅 비어서
서리 맞은 가을 거지 시늉을 내네
천지에 가득한 시를 찾아가는 길
가도 가도 머언 천리 치는 서릿발
시 못 쓰는 가을밤 바람만 차네.

3. 칼

눈썹 한 올 하늘에 떠서 푸르게 빛나고 있다!*

* 1350년에 만들어졌다는 '칼'을 꿈에 선물 받고 들여다보니 위의 명문
  銘文이 새겨져 있었음.

산벚나무 꽃잎 다 날리고
— 은적암隱寂庵에서

꽃 지며 피는 이파리도 연하고 고와라
때가 되면 자는 바람에도 봄비처럼 내리는
엷은 듯 붉은빛 꽃 이파리 이파리여
잠깐 머물던 자리 버리고 하릴없이,
혹은 홀연히 오리나무 사이사이로
하르르하르르 내리는 산골짜기 암자터
기왕 가야할 길 망설일 것 있으랴만
우리들의 그리움도 사랑도 저리 지고 마는가
온 길이 어디고 갈 길이 어디든 어떠랴
하늘 가득 점점이 날리는 마음결마다
귀먹은 꽃 이파리 말도 못하고 아득히,
하늘하늘 깃털처럼 하염없이 지고 있는데
우리들 사는 게 구름결이 아니겠느냐
우리가 가는 길이 물길 따르는 것일지라
흐르다 보면 우리도 문득 물빛으로 바래서
누군가를 위해 잠시 그들의 노래가 될 수 있으랴
재자재자 끊임없이 흘러가는 물소리 따라
마음속 구름집도 그냥 삭아 내리지마는
새로 피어나는 초록빛 이파리 더욱 고와라.

상사화相思花

내가
마음을 비워
네게로 가듯
너도
몸 버리고
마음만으로
내게로 오라
너는
내 자리를 비우고
나는
네 자리를 채우자
오명가명
만나지 못하는 것은
우리가 가는 길이 하나이기 때문
마음의 끝이 지고
산그늘 강물에 잠기우듯
그리움은
넘쳐 넘쳐 길을 끊나니
저문저문 저무는 강가에서

보라

저 물이 울며 가는 곳

멀고 먼 지름길 따라

곤비한 영혼 하나

낯설게 떠도는 것을!

우도牛島에서

한 남자가 바다로 들어가고
또 한 남자가 따라 들어가고

그해 겨울
우도 바닷가에는

무덤마다 갯쑥부쟁이가 떼로 피어
바다만 바라보고 있었다

남정네들 떠나간 자리마다
눈빛이 젖어

낮게 낮게 몸을 낮추고
하염없이 바다만 바라보고 있었다.

금란초金蘭草

무등無等의
산록

금빛
화관을 이고

황홀한
화엄세계를

꽃
한 송이로

열고 있는
여자女子.

사랑의 뿌리

지난 봄날 나는 너를 보냈다
그동안 든 정 때문에 찰칵
마지막 사진을 찍고
모를 것이 정이라고
그간 서로 붙어 살아왔다고
떠나려 하지 않는 너
단호하게 결별을 선언했지만
뿌리는 두고, 너는
몸만 가버렸다
필요 없는 사랑은 화근거리
사랑이면 은밀히 묻어두었을 것을
사랑의 오독이었을까
시간이 가면
뿌리도 저절로 솟아오르리라
지층 깊이 박혀 있는 너를 보내려
다시 입 꽉 다물고 촬영을 하고
몽혼을 하고
집게로 뿌리를 물고 뽑아올린다
바르르 바르르 몸이 떨리고

자지러질 듯 혼절할 듯

이마에 진땀을 흘리며

너도 나도 울고 있었다

나도 너를 떠나보내기 아쉬웠던가

재차 마취를 하고

무지막지하게 떨치려 해도

옴짝달싹도 않던 너…

드디어 손을 놓고 너는 울었다

너 있던 자리 얼기설기 꿰매고

허탈과 통증으로 일그러진 한밤

시커먼 피가 꾸역꾸역 흘러나온다

너의 흔적이, 너의 상처가,

뼛속의 적막이 온몸을 찍어누른다

사랑은 부드러운 힘,

지독한

또는

악랄한.

가을 엽서

풀잎에 한 자 적어
벌레소리에 실어 보냅니다
난초 꽃대가 한 자나 솟았습니다
벌써 새끼들이 눈을 뜨는
소리, 향기로 들립니다
녀석들의 인사를 눈으로 듣고
밖에 나서면
그믐달이 접시처럼 떠 있습니다
누가
접시에 입을 대고
피리 부는 연습을 하고 있습니다
창백한 달빛을 맞은
지상의 벌레들도
밤을 도와 은실을 잣고 있습니다
별빛도 올올이 내려
풀잎에 눈을 씻고
이슬 속으로 들어갑니다
더 큰 빛을 만나기 위해
잠시,

고요 속에 몸을 눕니다

오늘도

묵언 수행 중이오니

답신 주지 마십시오.

종鐘이 있는 풍경

1

종은 혼자서 울지 않는다
종은 스스로 울지 않고
맞을수록 맑고 고운 소리를 짓는다
종鐘은 소리가 부리는 종
울림의 몸,
소리의 자궁
소리는 떨며
가멍가멍 길을 지우고
금빛으로 퍼지는 울림을 낳는다

2

종은 맞을수록 뜨거운 몸으로 운다
나의 귀는 종
소리가 고요 속에 잠들어 있다
종은 나의 꿈을 깨우는 아름다운 폭탄
그 몸속에 눈뜬 폭약이 있다
위로의 말 한마디를 위하여
종은 마침내 소리의 집에서 쉰다

3
종은 때려야 산다
선다
제 분을 삭여 파르르파르르 떨며
지상에서 가장 아름다운 울음으로
하나의 풍경이 된다.

흔적

창 앞 소나무
까치 한 마리 날아와
기둥서방처럼 앉아 있다
폭식하고 왔는지
나뭇가지에 부리를 닦고
이쪽저쪽을 번갈아 본다

방안을 빤히 들여다보는 저 눈
나도 맥 놓고 눈을 맞추자
마음 놓아 둔 곳 따로 있는지
훌쩍 날아가 버린다
날아가고 남은 자리
따뜻하다.

이 맑은 날에

절망도 빛이 돌고
슬픔도 약이 되는
이 지상에 머무는
며칠간
내 곁을
꽃자주빛 그리움으로
감싸주는
그대의 눈빛
아픔도
허기가 져
칼날로 번쩍이는
이 맑은 가을날
그리워라
아아,
한줌의 적립赤立!

꿈 · 1

삼악산三嶽山 아래
구공사究空寺 골방에서
몇 십 년을 묵었다
다시 한 살이 되니
허공중에서 헤엄치듯
하늘을 날게 되었다
엊저녁에도 허공세상에서 놀았다
《걸어다니는 물고기》*의 등을 타고
《구름 위의 다락마을》**에도 놀러가
은자隱者 만나 이슬 한잔,
매화꽃에 취해 그 속으로 들어가니
한순간에 천년이 흘러갔다
찰나가 영원이었다
솟구쳐오름과 내리꽂힘
평행 비행을 하는 동안
자유의 절벽에서
백수白手/白首들이 사랑의 뿌리를 씹고 있었다
제 맛이 안 나는지
오줌을 짜면서 낄낄대고 있었다

물 같은 사랑은 보이지 않았다

옴마니 반메훔!

* 《걸어다니는 물고기》 : 이생진 산문집(책이있는마을. 2000)
** 《구름 위의 다락마을》 : 임보 선시집(우이동사람들. 1998)

달빛 속·풍경

너는 모자를 쓰고 있다
챙이 넓은 모자 위로
달빛이 칼날같이 쏟아지고
네 얼굴은 보이지 않는다
잘생긴 말 한 마리
서리꽃 속을 가고 있다
바다를 버리고 온 파도가
흰 갈기를 날리며
온 섬을 휩쓸고 있다
달빛은 눈꽃 위로 내리꽂히고
온몸에선 단내가 난다
네 모자가 조금 기울었다
바다 쪽으론가
육지 쪽으론가.

시간을 찾아서

충북 청원군 남이면 척산리 472번지
신사년 오월 초엿새 23시 05분
스물세 해 기다리던 아버지 곁으로
어머니가 가셨습니다
들숨 날숨 가르면서
저승이 바로 뒷산인데
떠날 시간을 찾아
네 아들 네 딸 앞에 모아 놓고
며느리 사위 옆에 두고
기다리고 기다리며
가는 시간을 맞추어
마지막 숨을 놓고
말없이,
한마디 말씀도 없이
묵언의 말씀으로
이승을 멀리 밀어 놓고
어머니는 그냥 가셨습니다
여든두 해의 세월이, 고요히
기우뚱했습니다.

* 어머니는 2001년 6월 26일(辛巳 오월 초엿새)에 가시다.

세란헌洗蘭軒에서

난잎에
고요처럼
내려앉는 먼지를,
마음으로
씻어주는
새벽녘,
때맞춰
화로에선
차茶ㅅ물이 끓는데,
화선지에
묵향墨香은
번지지 않고,
가슴에
그리움만
고요처럼 쌓이네.

귀북은 줄창 우네

세상의 가장 큰 북 내 몸속에 있네
온갖 소리북채가 시도 때도 없이 울려대는 귀북이네

한밤이나 새벽녘 북이 절로 울 때면
나는 지상에 없는 세월을 홀로 가네

봄이면 꽃이 와서 북을 깨우고
불같은 빗소리가 북채가 되어 난타공연을 하는 여름날
내 몸은 가뭇없는 황홀궁전
둥근 바람소리가 파문을 기르며 굴러가는 가을이 가면
눈이 내리면서 대숲을 귓속에 잠들게 하네

너무 작거나 큰 채는 북을 울리지 못해
북은 침묵의 늪에 달로 떠오르네

늘 나의 중심을 잡아주는 북,
때로는 천 개의 섬이 되어 반짝이고 있네

황금감옥 黃金監獄

나른한 봄날
코피 터진다

꺽정이 같은 놈
황금감옥에 갇혀 있다
금빛 도포를 입고
벙어리뻐꾸기 울 듯, 후훗 후훗
호박벌 파락파락 날개를 친다

꺽정이란 놈이 이 집 저 집 휘젓고 다녀야
풍년 든다
언제
눈감아도 환하고
신명나게 춤추던 세상 한 번 있었던가

호박꽃도 꽃이냐고
못생긴 여자라 욕하지 마라
티끌세상 무슨 한이 있다고
시집 못 간 처녀들

배꼽 물러 떨어지고 말면 어쩌라고

시비/柴扉를 걸지 마라

꺽정이가 날아야

호박 같은 세상 둥글둥글 굴러간다

황금감옥은 네 속에 있다

겨울 빗소리

혼례만 올리고 시댁으로 가지도 못하고
과부가 된 어린 각시,

마당에 울고 있는
겨울 빗소리

차라리 까막과부望門寡婦라면 덜할까
청상靑孀이면 더할까,

온종일 듣고 있는
겨울 빗소리

* 친정집 마당에서 혼례만 올리고 시집에는 가지도 못하고 홀로 된 여인
을 마당과부라고 한다. 까막과부 즉 망문과부望門寡婦는 정혼만 하고
과부가 된 경우다. 동승과부同繩寡婦는 신랑을 다루기 위해 발바닥을
때리는 풍습이 있던 시절 그 매에 맞아 신랑이 죽은 경우, 초야도 못
치르고 과부가 되었으니 얼마나 가엾겠는가. 사실 발바닥을 때리는 것
은 신랑의 힘을 길러 주기 위한 것이었다. 그래서 동승과부를 가장 가
엾게 생각하나 보다. 청상靑孀이야 젊어서 홀어미가 되었으니 이런 저
런 일로 해서 사는 것이 얼마나 외롭고 힘들겠는가. 소박과부도 있다.

여자를 밝히다

여자를 밝힌다고 욕하지 마라
음란한 놈이라고
관음증 환자라고 치부하지 마라
입때껏 치부를 한 것도 없고
드러낼 치부도 하나 없다
여자를 활짝 핀 꽃 같이 밝혀주는 것은
무엇일까
환한 대낮같이 열어주는 것은 무엇인가
어둔 길을 갈 때
등롱을 들듯
꽃이라도 들어야 하는 것인가
등명접시 받쳐 놓고
불을 댕길 일인가, 아니지,
여자는 스스로 열리는 호수
환하게 빛나는 대지라서
하늘 아래
세상에서 여자를 밝힐 일은 없다.

옥쇄玉碎

곡우穀雨와 입하立夏 사이
잔마다 꽃배 띄우고
소만小滿과 망종芒種 사이
청매실 다 땄는데,

소서小暑에 찬물로 목물하고
평상에 누우니
노랗게 익은 매실 한 알, 뚝,
이마에 청매실 하나 열렸다.

풍경風磬이 절로 울어
붕어가 온몸으로 웃고 있다
꽃 피고 열매 맺고 떨어지는
생生의 일장춘몽이라고,

뎅, 뎅,
뎅그렁, 뎅그렁!
우는 소리 움켜쥐다
반짝이는 비늘에 잠이 깨었다.

석류石榴

줄 듯
줄 듯

입맛만 다시게 하고
주지 않는

겉멋만 들어
화려하고

가득한 듯
텅 빈

먹음직하나
침만 고이게 하는

얼굴이 동그란
그 여자

입술 뾰족 내밀고 있는.

파문波紋

1

나무는 서서 몸속에 호수를 기른다

햇빛과 비바람이 둥근 파문을 만들고
천둥과 번개가 아름답게 다듬어

밖으로 밖으로
번져나간다

파문이 멎으면 한 해가 간 것이다.

2

잎 나고 꽃 피어 열매를 맺는 동안
속에서는 물이랑을 짓다

열매 떨어지는 소리에, 깜짝,
나무는 일 년을 마무리하고

제 옷을 벗어 시린 발등을 덮고 나면

가지마다 악기가 되어

겨울을 노래 부를 때
하늘도 투명한 파문이 이는 호수가 된다.

어둠의 힘

어둠이 빛인 줄 안다면
세상을 밝히는 것은 빛이 아니라
빛의 밝은 힘이 아니라
어둠의 힘이라는 걸 알게 되리
나무도
하늘 가까이 가는 것은 우듬지이지
우듬지에 별이 걸리고
별이 너를 비춰주고 있지만
결국 하늘에 가 닿는 것은
우듬지가 아니라 뿌리다
뿌리가 나무로 들어가
우듬지를 곧추세워야, 비로소
나무는 하늘에 닿는다
그러니 하늘에 닿는 것은 뿌리다
뿌리의 힘이다.

머나먼 슬픔

나무들은 꼿꼿이 서서 꿈을 꾼다
꿈에 젖은 숲은 팽팽하다

숲이 지척인데 마음을 집중하지 못하고
적막에 들지 못하고
지천인 나무들에 들지 못하고

눈을 들면
푸른 게릴라들이 국지전 아닌 전면전을 감행하고 있다

녹음 아래 노금노금 가고 있는
비구니의 바구니 안
소복이 쌓이는 그늘,

그늘 속으로 이엄이엄 질탕한 놀음이 노름인 줄 모르는
한낮의
머나먼 슬픔.

박태기꽃 터지다

누가 태기라도 쳤는가
가지마다
펑펑펑
박 터지는 소리

와글와글
바글바글
우르르우르르 모여드는
시뻘건 눈들

조팝나무도 하얀 수수꽃다리도
휘청거리는 봄날

"뻥이야!"

"펑!"

먼 산에 이는 이내.

개화開花

바람 한 점 없는데
매화나무 풍경이 운다

아득한 경계를 넘어
가도 가도 사막길 같은 날
물고기가 눈을 뜬다
한 땀 한 땀 수를 놓듯
꽃 피는 소리에 놀라
허공에서 몸뚱이를 가만가만 흔들고 있다
꽃그늘에 앉아
술잔마다 꽃배를 띄우던
소인묵객騷人墨客들
마음 빼앗겨
잠시 주춤하는 사이
뼈만 남은 가지마다
폭발하는,

오오, 저 푸른 화약花藥 내!

호박

한자리에 앉아 폭삭 늙었다

한때는 푸른 기운으로 이리저리 손 흔들며 죽죽 벋어나갔지
얼마나 헤맸던가
방방한 엉덩이 숨겨놓고
활개를 쳤지
때로는 오르지 못할 나무에 매달려
버둥거리기도 했지
사람이 눈멀고 반하는 것도 한때
꽃피던 시절 껑정이 같은 떠돌이 사내 만나
천둥치고 벼락치는 날갯짓 소리에 그만 혼이 나갔겠다
치맛자락 뒤집어쓰고 벌벌 떨었지
숱한 자식들 품고 살다 보니
한평생이 별것 아니더라고
구르는 돌멩이처럼 떠돌던 빈털터리 돌이 아범 돌아와
하늘만 쳐다보며 한숨을 뱉고 있다

곱게 늙은 할머니 한 분 돌담 위에 앉아 계시다.

지족知足

나무는 한 해에 하나의 파문波紋을 제 몸속에 만든다

그것이 나무의 지분知分이다

더 이상 흔들리지 않는다

나무는 홀로 자신만의 호수를 조용히 기르는 것이다

김치, 찍다

싱싱하고 방방한 허연 엉덩이들
죽 늘어섰다

때로는 죽을 줄도 알고
죽어야 사는 법을 아는 여자

방긋 웃음이 푸르게 피어나는
칼 맞은 몸

바다의 사리를 만나
한숨 자고 나서
얼른 몸을 씻고

파 마늘 생강 고추를 거느리고
조기 새우 갈치 까나리 시종을 배경으로,

잘 익어야지, 적당히 삭아야지
우화羽化가 아니라 죽어 사는 생生

갓 지은 이밥에
쭉 찢어 척, 걸쳐놓고

김치!

셔터를 누른다.

개망초꽃 추억

막걸리 한잔에 가슴 따숩던
어둡고 춥던 육십 년대
술 마셔 주고 안주 비우는 일로
밥벌이하던 적이 있었지
서문동 골목길의 막걸릿집
인심 좋고 몸피 푸짐한 뚱띵이 주모
만나다 보면 정이 든다고
자그맣고 음전하던 심한 사투리
경상도 계집애
좋아한다 말은 못하고
좋아하는 꽃이 뭐냐고 묻던
그냥 그냥 말만 해 달라더니
금빛 목걸이를 달아주고 달아난
얼굴이 하얗던 계집애
가버린 반생이 뜬세상 뜬정이라고
아무데서나 구름처럼 피어나는
서럽고 치사스런 정분이
집 나간 며느리 대신
손자들 달걀 프라이나 부치고 있는가

지상에 뿌려진 개망초 꽃구름
시월 들판에도 푸르게 피어나네.

만월滿月

널 바라보던 내 마음이나
네 작은 가슴이 저랬더랬지
달빛 실실 풀리어 하늘거리는
비단 옷자락
안개 속에서
너는 저고리 고름을 풀고
치마를 벗고 있었지
첫날밤 연지 곤지 다 지워지고
불 꺼진 환한 방안
열다섯에 속이 꽉 차서
보름사리 출렁이는 파돗소리 높았었지
가득한 절정이라니
너는 눈을 감고
우주는 팽팽하니 고요했었지
미끈 어둠 물러난 자리
물컹한 비린내
창밖엔, 휘영청,
보름달만 푸르게 밝았더랬지.

능소화

언제 바르게 살아 본 적 있었던가
평생 사내에게 빌붙어 살면서도
빌어먹을 년!
그래도 그거 하나는 세어서
밤낮없이
그 짓거리로 세월을 낚다 진이 다 빠져
축 늘어져서도
단내를 풍기며 흔들리고 있네.

마음 빼앗기고 몸도 준 사내에게
너 아니면
못 산다고 목을 옥죄고
바람에 감창甘唱소리 헐떡헐떡 흘리는
초록치마 능소화 저년
갑작스런 발소리에
소스라치게 놀라, 花들짝,
붉은 혀 빼물고 늘어져 있네.

물의 뼈

물이 절벽을 뛰어내리는 것은
목숨 있는 것들을 세우기 위해서다

폭포의 흰 치맛자락 속에는
거슬러 오르는 연어 떼가 있다

길바닥에 던져진 바랭이나 달개비도
비가 오면 꼿꼿이 몸을 세우듯

빈 자리가 다 차면 주저 없이 흘러내릴 뿐
물이 무리하는 법은 없다

생명을 세우는 것은 단단한 뼈가 아니라
물이 만드는 부드러운 뼈다

내 몸에 물이 가득 차야 너에게 웃음을 주고
영원으로 가는 길을 뚫는다

막지 마라
물은 갈 길을 갈 뿐이다

비 오는 날

'사랑밖에 난 몰라~~~'
심수봉이 울고 있다
사랑을 안다는 말인지
모른다는 것인지

사랑 밖에 무엇이 있는가
사랑에 앉아 내다봐도
사랑은 보이지 않고

토란잎 옆자리
호박꽃이 피었다
길이 끊겨
꺽정이 놈 같은 호박벌은 오지 않고

잔술집 나이 든 주모
애호박전 부쳐 놓고
밖을 내다보고 있는
다 저녁때.

시詩를 먹다

시집 《봄, 벼락치다》가 나온 날 밤
과거와 현재와 미래가 공존하는
거기가 여기인 초월의 세상,
꿈속에서였다
아흔아홉 편의 시를 몽땅 먹어치웠다
그래도 전혀 배가 부르지 않았다
이밥을 아흔아홉 사발을 퍼먹었더라면
아니 아흔아홉 숟가락만 떠먹었어도
배가 남산만해서
숨 쉬기도 힘들어 식식댔을 텐데
옆에 있던 노 대통령이 무언가 암시하고 있었다
곧 좋은 일이 있을 것이라고,
임보 시인은 대대로 야당이었다며
새로 나올 시론집의 목차를 보여 주었다
작고 시인과 생존 시인들의 이름이 적혀 있었다
가나다 순의 맨 끝에 나도 언뜻 보였다
당근을 심은 밭가였다
제주도 어디인 듯 척박한 땅이었다
이생진 시인이 겨자씨만큼이나 작은 씨앗이 든

콩알만한 열매를 한줌 쥐어 주었다
구황 식물이라면서 밭에 뿌려 두라고 했다
옆에 있던 황금찬 시인께서
오랜만에 나온 시집을 웃으며 축하해 주었다
시골집이었다
어머니가 지붕에 이엉을 얹고
마지막 용마름을 올리고 단단히 잡아매고 있었다

새벽 두 시,
이제 《봄, 벼락치다》의 아흔아홉 편의 시는 사라지고 없다
구황 작물의 작디작은 씨앗을 뿌리러 나가야겠다
저 거친 황야로
개 짖는 소리 들리는 꼭두새벽에!

미루나무

1
반짝이는 푸른 모자

팍팍한 둑길

홀로

휘적휘적 걸어가던 아버지.

2
새로 난 신작로

차 지날 때마다

뽀얀 먼지 뒤집어쓴 채

멍하니 서 있던 아버지.

복사꽃 그늘에서

돌아서서
새실새실 웃기만 하던 계집애
여린 봄날을 후리러
언제 집을 뛰쳐나왔는지
바람도 그물에 와 걸리고 마는 대낮
연분홍 맨몸으로 팔락이고 있네.

신산한 적막강산
어지러운 꿈자리 노곤히 잠드는
꿈속에 길이 있다고
심란한 사내 달려가는 허공으로
언뜻 봄날은 지고
고 계집애 잠들었네.

비익조比翼鳥, 날다

물 나간 갯벌 같은 병실에서
끼룩 끼이룩 끼룩 끼이룩
날이 들기를 기다리며
거동 못하는 남편의 수발을 드는
'ㄱ'자가 다 된 낡은 버커리
장성한 자식들 삐끔빼꼼 들렀다 가고
바퀴의자에 거푸집처럼 달라붙어
온종일 종종대며 맴돌고 있는
결국엔 가시버시뿐이라고
굽은 등 펴지도 못하면서
통증은 차라리 즐겨야 한다며
몸뚱이야 푸석푸석하지만
성긴 머리 아침마다 곱게 빗겨주는
거친 손
돌아다보면 죄 될 일만 떠오르는
지난 세월의 푸른 하늘로
부부간은 촌수도 없는 사이라고
뭐니 뭐니 해도 둘밖에 없다고
세월에 염장된 물새 두 마리
그믐달을 떠메고 날아가고 있다

안개를 말하다

점령군인,

아니 빨치산 대장의 정부인 그 女子

벙어리장갑처럼 배가 부른 그 女子

오리를 품고 오리를 가도 오리를 잡지 못하고

오리무중이 되는 그 女子

시도 때도 없이 정분이 나

슬슬슬 살 비비며 비단치마 걷어 올리는

속수무책인 그 女子

고무풍선인 그 女子

지상의 마지막 낭만주의자인 그 女子

은밀한 음모를 품고 쥐 죽은 듯 스며드는 그 女子

온몸이 발이요 날개인 그 女子

한없이 부드럽고 한없이 막강한 그 女子

무시로 몸을 바꾸고, 버리는, 물인 그 女子

주머니가 없는 그 女子

텅 빈 여자, 빈손인 그 女子

눈물뿐인 그 女子,

삼각산三角山

5월의 화산華山은

백운白雲의 돛을 달고,

인수仁壽의 노를 젓는

만경萬景의 바다.

연둣빛 꽃으로 장식한

초록빛 풍류…,

화엄華嚴의 우주를 유영하는

거대한 범선 한 척.

발을 닦으며

왜 발바닥에 때가 많이 끼는가
저녁마다 씻고 닦아도 소용이 없다
발바닥의 때만도 못하다는 소리를 들으면
때로는 때라도 되고 싶다
때가 되면 어디든 때는 끼는 법
때는 자신의 무게를 지니고 있다
때는 제 몸이 무거워 아래로 내려앉는다
온몸을 지탱하고 있는 몸의 노예인 발
그 밑에 생生의 불순하고 속된 것들
더러운 이름들이 겹쳐
무게의 집중을 이루려고 달라붙는다
숙명처럼 묵묵히 모든 것을 포용하는
순하디 순한 발은 불평도 불만도 없다
때로 때는 수도사처럼 근엄하지 않는가
무거운 때는 언제 어디든 스스로 앉는다
크고 화려한 의자를 보면 주눅이 들어
발바닥의 때만도 못한 시인이 된다
발바닥은 차라리 천길 벼랑 위 수도원이다.

장醬을 읽다

그녀는 온몸이 자궁이다
정월에 잉태한 자식 소금물 양수에 품고
장독대 한가운데 자리 잡으면
늘 그 자리 그대로일 뿐…,
볕 좋은 한낮 해를 만나 사랑을 익히고
삶의 갈피마다 반짝이는 기쁨을 위해
청솔 홍옥의 금빛 관을 두른 채
정성 다해 몸 관리를 하면
인내의 고통이 있어 기쁨은 눈처럼 빛나고
순결한 어둠 속에서 누리는 임부의 권리
몸속에 불을 질러 잡념을 몰아내고
맵고도 단맛을 진하게 내도록
참숯과 고추, 대추를 넣고 참깨도 띄워
자연의 흐름을 오래오래 독파하느니
새물새물 달려드는 오월이 삼삼한 맛이나
유월이년의 뱃구레 같은 달달한 맛으로
이미 저만치 사라진 슬픔과
가까이 자리잡은 고독을 양념하여
오글보글 끓여 내면

투박한 기명器皿에 담아도
제 맛을 제대로 내는
장醬이여, 너를 읽는다
네 몸을 읽는다

단칼을 기리며

다시는 안 볼 것처럼 돌아서지 마라
당장은 후련하겠지만
언젠가 어디선가 또 만나지 않겠느냐
해방은 없다 자유도 없다
목숨 있는 동안은 빗장을 걸지 마라
다 산 것처럼 하지 마라
내일도 해는 또 다시 떠오른다
절정에서 눈부시던 것들
소멸의 순간은 더욱 곱고 아름다워야 한다
말도 글도 살아 있어 씨를 맺느니
함부로 말하지 마라 쓰지도 마라
당장 내뱉으면 시원하겠지만
배설의 쾌감으로 황홀하겠지만
나이 들면 경지에 이른다들 하는데
눈이 흐려지고 귀가 멀어지니
이건 무슨 조화인가
안 보고 안 들어도 보이고 들린다는 것인가
와락, 달려들어 안고 싶은 것
비단 너뿐이겠느냐마는

와락와락 솟구치는 급한 마음에

함부로 떠나보내는 나를 용서해 다오

시詩여

밥

밥은 금방 지어 윤기 잘잘 흐를 때
푹푹 떠서 후후 불며 먹어야
밥맛 입맛 제대로 나는 법이지
전기밥솥으로 손쉽게 지어
며칠을 두고 먹는 지겨운 밥
색깔까지 변하고 맛도 떨어진
그건 밥이 아니다 밥이 아니야
네 귀 달린 무쇠솥에 햅쌀 씻어 안치고
오긋한 아구리에 소댕을 덮어
아궁이에 불 지펴 나무 때어 짓는
아아, 어머니의 손맛이여,
손때 묻어 반질반질한 검은 솥뚜껑
불길 고르다 닳아빠진 부지깽이
후둑후둑 타는 청솔가리
설설 기는 볏짚이나 탁탁 튀는 보릿짚
참깻단, 콩깍지, 수숫대
풍구 바람으로 때던 왕겨 냄새 그리운 날
냉장고 뒤져 반찬 꺼내기도 귀찮아
밥 한 공기 달랑 퍼 놓고

김치로 때우는 점심 홀로 서글퍼

석 달 열흘 가도 배고프지 않을

눈앞에 자르르 어른거리는 이밥 한 그릇

모락모락 오르는 저녁 짓는 연기처럼

아아, 그리운 어머니의 손맛!

그러나 세상은 그게 전부가 아닐세

시장이 반찬이라 하지 않던가

새들은 나무 열매 몇 알이면 그만이고

백수의 제왕도 배가 차면 욕심내지 않네

썩은 것도 가리지 않는 청소부

껄떡대는 하이에나도 당당하다

배고픈 자에겐 찬밥도 꿀맛이요

밥 한술 김치 한 쪽이면 임금님 밥상

그러니 지상은 늘 우리의 만찬장이 아닌가.

시수헌의 달빛

소한小寒날 시수헌詩壽軒에 모인 소인騷人들
술판이 거나해지자
어초漁樵 처사 시수헌이 아니라 시주헌詩酒軒이군 하니
임보林步 사백 시술헌으로 하자 하네
서우瑞雨 사백 '수壽' 밑에 ㄹ(乙)자를 그려 넣었다
오, 우리들의 시수헌이여
'수'자에 획 하나 더해 '주'가 되든
받침 하나 붙여 '술'이 되든
시 속에 술이 있고
술 속에 시가 있어
시쟁이들의 시수헌은 따뜻하고
술꾼들의 시수헌은 눈부시다
오오,
시수헌의 달빛은 오늘밤도 푸르고 차다.

* 시수헌 : 월간 《우리詩》 편집실

바다와 시詩

난바다 칠흑의 수평선은
차라리 절벽이어서
바다는 대승大乘의 시를 읊는데
나는 소승小乘일 수밖에야
죽어 본 적 있느냐는 듯 바다는
눈물 없는 이 아름다우랴고
슬픔 없는 이 그리워지랴고
얼굴을 물거울에 비춰보라 하네.

제 가슴속 맺힌 한
모두어 품고 아무 일도 없는 양
말 없는 말 파도로 지껄일 때
탐방탐방 걸어 나오는 수평선
밤새껏 물 위에 타던 집어등
하나 둘 해를 안고 오는 어선들
소외도 궁핍도 화엄으로 피우는
눈 없는 시를 안고 귀항하고 있네.

우이도원牛耳桃源에 오르며

누구에게나 한때는 있다
지나고 나서
그때가 좋았다는
그때가 한때다

우이도원 오르는 길
폭포를 세우고 있는
물소리 앞에 앉아
단소 가락에 젖는 한나절

하늘 푸르러 가락이 길고
물은 나즉나즉 노래를 감싸는데
구비구비 흐르다 보면 우리도
꺽꺽꺽 막히며 꺾이기도 하고

노래도 때로는 멋지 않더냐
햇발 통통통 튀어나오는 곳
오늘은 물로 집 한 채 지어 세우니
눈부시다, 눈부시다

늦매미들 늦게 나온
오리나무 우듬지
푸른 물소리 위에 앉아 떼로 울며
물칼을 갈고 있다.

몸

씨앗 하나 빌려 지은 작은 집
조금씩 늘이고 늘려가며 살다 보면
조금씩 흔들리고 기울기 마련이지만
지붕이 헐어 물이 새고
틈새로 세월의 새가 날아가고 있다
비바람 눈보라 들이치는 문짝
구멍 난 벽마다 쥐들이 드나들고
기둥도 오래 되어 좀먹고 내려앉았다
수도관 가스관 모두 녹슬어
막히고 터지고
물이고 가스고 새는 것 천지
난방도 안 되고 냉방도 안 되는,
가구들도 색이 바래고
지붕에도 벽에도 저승꽃이 피는 집,
나무 향이 은은히 번지고
쓸고 닦고 문질러 윤이 나던 때도 있었지
세월 이기는 장사 없다고
저절로 줄어든 크기와 높이
제자리를 지키지 못하고 흔들리는 무게의

바람 든 빈집
집 보러 오는 이 하나 없는.

오동꽃은 지면서 비를 부른다

온몸에 오소소 돋아 있는
반짝이는 작은 털 더듬이 삼아
오동꽃 통째로 낙하하고 있다
보일 듯 말 듯
아주 연한 보랏빛으로,
시나브로
동백꽃 지듯 툭! 툭! 지고 있다
처음으로 너를 주워 드니
끈끈한 그리움이 손을 잡는다
무작정 추락하는
네 마지막 아름다운 헌신,
하나의 열매를 위해
나도 이렇듯 다 포기하고
그냥 뛰어내리고 싶다
떨어져 내린 꽃 위로
공양하듯
또, 비가 두런두런 내리고 있다.

시인

시도 때도 없어,
세월이 다 제 것인 사람

집도 절도 없어,
세상이 다 제 것인 사람

한도 끝도 없이,
하늘과 땅 사이 헤매는 사람

죽도 밥도 없이,
생도 사도 없이 꿈꾸는 사람.

시인은 누구인가

바람이 자고 가는 대숲은 적막하다

적막, 한시에 적막한 시가 나온다

시는 우주를 비추고 있는 별이다

시인은 적막 속에서 꿈꾸고 있는 자.

나의 시 또는 나의 시론

마음의 독약

또는

영혼의 티눈

또는

괴꼴 속 벼알

또는

눈물의 뼈.

나의 시는 나의 무덤

시 쓰는 것이 무덤 파는 일임을
이제야 알겠다
시는 무덤이다
제 무덤을 판다고 욕들 하지만
내 무덤은 내가 파는 것…
시간의 삽질로 땅을 파고
나를 눕히고 봉분을 쌓는다
시는 내 무덤이다.

빙빙 날고 있는
무덤 위의
새
하늘이 그의 무덤이다
그는 날개로,
바람으로 시를 쓴다
그가 쓰는 시를
풀과 나무가 받아 꽃으로 피운다.

— 해설 —

시, 시말, 시인을 위하여

김석준 (시인·문학평론가)

시, 시말, 시인을 위하여
- 洪海里論

김석준 (시인 · 문학평론가)

1. 글을 들어가며

생을 시답게 살 수만 있다면, 생은 그 자체로 행복한 그 무엇으로 기술될 수 있다. 특히 홍해리 시인의 경우처럼, 시가 고통의 기록이거나 미적 새로움을 추동하는 그 무엇으로 존재하지 않을 때, 혹은 서정성의 범주 내에서 시말들을 예인할 때, 시란 그 자체로 즉자적인 삶-세계의 문양을 시말로 치환시키는 미메시스이다. 홍해리의 시들은 아직 따뜻한 세상을 푸르고 환하게 소묘하면서 겨자씨만큼 가벼운 생의 무게를 시말 속에 중첩시켜 생과 세계를 동시에 유미화시킨다. 허나 싸늘해지고 가벼워지는 생. 허나 너무도 가볍게 기화해버리고 마는 생. 시란 세계-삶과 만나는 다양한 시적 형상화 방식으로 그 정체를 규명할 수 있는데, 홍해리의 시적 구현은 세계품에 말품이 안겨 있다. 말하자면 홍해리의 시말의 지향점은 세계와 인간 사이에 교량을 놓거나 현상하는 세계-내-사태를 시말이 대리 표상하는 데 있다.

현상을 읽고 시말화하기. 현상 속에 이입되어 영혼을 기투하기. 홍해리의 시말들은 시말을 위한 시말만의 시적 유희가 아니라, 시말의 숭고한 제의이다. 왜냐하면 그것은 세계-기호가 발하는 의미적 사태를 시말로 치환시키기 때문이다. 이를테면 홍해리의 시말들은 자연-세계가 발화한 흔적들을 의미적으로 읽어, 그것을 주체적 시선으로 승화시키는데 있다. 주객의 통일. 주체와 객체를 시말 속에 가지런히 안치시키기. 하여 순정한 자연의 비의를 의식으로 전유하기. 홍해리에게 있어서 시인이란 그저 자연-기호를 받아쓰는 대필가인지도 모른다. 다시 말해서 시인이 〈세란정사洗蘭精舍〉에서 말한 것처럼, 시가 발원하는 지점은 이미 씌어진 세계(자연)-기호를 응시하면 된다. "이미 쓰여져 있"는 시. "눈앞에 널려 있는 시詩." 허나 보지 못한다, 허나 의식의 눈에 들어오지 않는다.

어쩌면 홍해리의 시말들은 견자적 시 눈의 지점에서 움트고 있는지도 모른다. 왜냐하면 시인은 표현자가 아니라 발견자이기 때문이다. 전일한 의식의 지점에서 대상을 응시하기. 대상-기호가 분출하는 의미를 시말-기호로 치환시키기. 시인은 접신적 영매다. 시인은 주술에 들린 자이다. 시인은 세계-자연과 신실한 의식의 지점에서 만나는 자이다. 비록 홍해리의 시말들이 요동치는 지점이 낭만적 서정성에 기반하고 있지만, 하여 그의 시말들은 시대지평의 타자적 글쓰기의 지점으로 무한소급해가지만, 그것은 소외된 타자가 아니라 행복하게 시를 향유하는 타자, 즉 스스로를 소외시켜 시적 기대지평의 바깥에 위치하기를 자초하고 있다. 따라서 홍해리의 시말들은 행복하고 풍요로우며, 시 〈지족〉에서 말한 것처럼 더 이상 흔들림이 없이 시말-운명을 인간-운명으로 승화시켜 부드러운 시선으로 보듬어 안고 있다.

2. 자연과의 조응

"나의 시는 풀 물 꽃 흙 나무 하늘 사랑 바다 사람임."(〈차용중/
각서〉 일부)이라는 구절은 홍해리의 시적 심급을 가장 간결하면
서도 강렬하게 언명한 것에 해당한다. 그의 시들은 시적 자연이
면서 자연의 시이다. 고운 결, 푸른 숨. 그 숨과 결에 동승하여
온 천하를 순수한 빛으로 채색하는 시인. 사람이 자연이고 자연
도 사람이 되는 시. 자연에 너무도 거대한 빚을 지고 있는 시
(인). 홍해리의 시말들은 경계의 무화無化이다. 하여 주체와 객
체가 상호 혼용되는 서정적 동감同感의 순간을 시말 속에 응고
시켜 물아일체로 승화시켜 가는 시말. 홍해리의 시적 언어는
말-자연의 풍모를 적극적으로 실천하면서 이 세계를 유미적으로
형상화하고 있다.

경계 지우기. 분할된 조각을 다시 한곳에 모아 통합하기. 서정
은 모음이다. 서정은 통합이다. 만약에 시말이 세계-내-문양들
을 한자리에 불러 모아 전일한 의식의 지점으로 이입해 들어갈
때, 혹은 서정적 동감의 순간을 몽상할 때, 그것은 자연이 발하는
순수한 기호-사태를 유위적有爲的 의미로 읽어 시말작용으로 고
양시키는 행위가 된다. 따라서 홍해리의 시말들은 자연(세계)-
내-사태에 시혼을 불어넣어 이 세계 전체를 정령의 기호로 치환
시킨다. 자연과의 조응. 자연이 발화하는 의미를 채집하기. 말-
자연으로 무한 수렴해가는 시정신.

천길 낭떠러지다, 봄은.

어디 불이라도 났는지
흔들리는 산자락마다 연분홍 파르티잔들
역병이 창궐하듯
여북했으면 저리들일까.

　나무들은 소신공양을 하고 바위마다 향 피워 예불 드리는데
겨우내 다독였던 몸뚱어리 문 열고 나오는 게 춘향이 여부없
다 아련한 봄날 산것들 분통 챙겨 이리저리 연을 엮고 햇빛이
너무 맑아 내가 날 부르는 소리,

　우주란 본시 한 채의 집이거늘 살피가 어디 있다고 새 날개
위에도 꽃가지에도 한자리 하지 못하고 잠행하는 바람처럼 마
음의 삭도를 끼고 멍이 드는 윤이월 스무이틀 이마가 서늘한
북한산 기슭으로 도지는 화병,

　벼락치고 있다, 소소명명!
　　─〈봄, 벼락치다〉 전문

　조응은 대자다. 조응은 즉자적 자연─기호의 의식적 읽기이다.
허나 조응은 대자화된 의식을 변증법적 합일을 통해서 모든 의식
적 사태를 다시 말─자연으로 회귀시킨다. 이를테면 홍해리의 시

들은 그 자체로 자연화를 지향하고 있다. 자연의 시말화를 통한 말-자연의 실현. 이것이 바로 홍해리의 시말 내에 육화된 시적 사태인데, 그것은 이중화된 의식작용이 빚어낸 결과이다. 비록 시가 귀의하는 공간은 이미 이 세계가 정의적으로 그렇게 되어 있는 자연의 구조화된 원리이기는 하지만, 홍해리의 시말들은 자연의 의식적 전유이다. 특히 시 〈봄, 벼락치다〉에 형상화되어 있는 것처럼 "연분홍 파르티잔들"이 펼쳐내는 봄꽃들의 향연을 "불"과 "역병"으로 비유하면서 비의적 섭리의 세계로 빨려 들어가고 있다.

날벼락치는 봄. 봄의 자의식적 읽기. 조응을 통한 봄의 의식적 전유. 홍해리의 시말들은 조응을 통한 경계 짓기와 그 경계의 소멸로 짜여져 있다. 봄을 "천길 낭떠러지"로 인식하다가 그 봄의 경계적 분할을 지워버리는 시인. 시인은 이중화된 의식의 지점을 경유하다가 왜 "우주란 본시 한 채의 집"이라고 인식하는가. 더구나 그것도 수많은 살피(경계)로 짜여진 이 세계를 광대한 우주적 질서로 무화시키는가. 시 쓰기란 그 자체로 분절화 된 의식의 편린들을 시말로 치환시키는 형상화 작용이 아닌가. 그런데 홍해리의 〈봄, 벼락치다〉는 벼락 치는 봄꽃에 매달린 "마음의 삭도"를 따라가다가 땅과 땅의 경계, 계절과 계절의 경계를 가볍게 지워버린다. 다시 말해서 홍해리의 시말 속에 육화된 자연과의 조응은 모든 사태를 자연의 이법 속으로 수렴시켜가고 있다.

한여름 다 해질녘

봉숭아 꽃물을 들인다

꽃을 따 누이의 손톱마다

고운 물을 들인다

이쁜 반달손톱 속에는 벌써

첫눈이 내린다

매미 소리 한철 같은 누이의

첫사랑이 내린다

추억이 짓는 아스라한 한숨소리

손톱 속으로 스며들고

손가락 꼭꼭 싸맨 그리움이

추억추억 쌓이고 있다

해 설핏한 저녁에 꽃물을 들이는

눈썹마당에 이는 바람인 듯

슬슬슬 어스름이 내릴 때

가슴속에선 누가 북을 치고 있는지

다소곳 여민 적삼 안으로

그리움이 스멀스멀 스며들고

입술 촉촉 젖어 살짝 깨무는 소리

어스레한 누이의 젖은 눈가로

봉숭아꽃 하나 둘 지고 있었다.

    - 〈추억, 지다〉 전문

몽상과 슬픔 사이에서 용솟음치는 시말. 추억은 아름답기도 하고 슬프기도 한 오묘한 흔적이다. 추억은 안온한 몽상 속에 시말을 불러일으켜 세운다. 산산이 부서져는 내리는 포말처럼 추억은 시인의 가슴 안에서 요동치다가 과거의 어느 한순간을 정확하게 재현하지만, 그것은 가볍게 지고 마는 봉숭아 꽃잎에 기입된 흔적이다. 허나 켜켜이 쌓여 있는 그리움. 허나 심연 깊숙이 가라앉아 은일한 슬픔을 새긴 첫사랑의 기억. 시인 홍해리는 〈추억, 지다〉에서 져버린 추억을 재건하여 말-자연성을 육화시키고 있다. 이를테면 말-자연은 인간화된 세계를 추억으로 환기시키는 심오한 미적 경지이다. 추억의 이쪽과 저쪽의 경계 지대를 응시하는 말-자연. 시인의 시말은 말-자연 속에 새겨진 흔적을 추억하는데, 그것은 누이의 첫사랑, 한숨소리, 그리움, 그리고 젖은 눈가다. 봉숭아 꽃물 들이는 한여름 밤 혹은 첫눈 내릴 무렵의 근방을 배회하면서 시인은 복숭아 꽃잎 지는 사연을 시말 속에 응고시키고 있다. 그리움의 꽃문양이 새겨진 추억. 봉숭아 꽃잎 속에 기입된 슬픈 첫사랑. 시인은 말-자연을 삶-자연으로 치환시켜 슬픈 삶의 자화상을 소묘하고 있다.

애이불비哀而不悲 혹은 애이불상哀而不傷. 홍해리 시인의 그리움 속에 기입된 슬픔은 누이의 애잔한 첫사랑에 대한 연민을 추억하는 것이지만, 결코 슬픔의 심연으로 치달아가지 않는다. 하여 〈추억, 지다〉는 아름답다. 꽃잎 지는 사연이 아름답고, 시말이 아름답고, 시인이 누이의 첫사랑을 추억하는 시적 태도 또한 아름답다. 사실 〈추억, 지다〉가 아름다운 이유는 말-자연의 삶-자연과의 일치에서 비롯하는데, 그것은 봉숭아 꽃잎을 인간학적 차원으로 승화시킬 때라야만 가능하다. 그것은 서정적 동감同感이 이루어지는 절정의 순간인데, 세계-자연을 범주적 객체로 인식하는 것이 아니라, 그 객체를 인륜적 실체로 고양시켜 세계-삶을 실현시킨다. 말하자면 서정적 동감은 주객 분리나 통일의 상태가 아니라 주체와 객체의 위치가 뒤바뀌어 질적 전환이 일어난 상태이다. 왜냐하면 서정적 동감은 미적 절대의 순간이기 때문이다. 그것은 너를 불러 나를 만들고, 그 역 또한 성립시키는 미적 합일의 상태이다.

절망도 빛이 돌고
슬픔도 약이 되는
이 지상에 머무는
며칠간
내 곁을
꽃자주빛 그리움으로
감싸주는
그대의 눈빛
아픔도
허기가 져
칼날로 번쩍이는
이 맑은 가을날
그리워라
아아,

한줌의 적립赤立!

   – 〈이 맑은 날에〉 전문

  항상 말–자연 속엔 삶에 관한 인간학적 온기가 밀도 있게 기입되어져 있다. 말–자연은 오욕칠정 등의 감성적 태도를 고양 승화시킨 절대의 경지이다. 비록 그것이 절망이나 슬픔과 같은 인간의 한계적 상황을 지양극복해가는 과정 중에 형성된 것이기는 하지만, 말–자연은 그리움의 절대 값을 "맑은 가을날"에 응고시켜 모든 사태를 숭고의 경지에 이르게 한다. 이를테면 〈이 맑은 날에〉는 홍해리 시인의 자연과의 조응의 완결적 국면인데, 그것은 모든 미적 자연성을 인간학적 차원으로 읽는 동시에, 인간학화된 자연을 다시 순수한 자연으로 되돌려 보낸다. 이러한 이중의 인식과정을 경유한 시인의 시적 경지는 노자적 의미의 도법자연道法自然의 시적 실천에 해당한다.

  "먼 산에 이는 이내"(〈박태기꽃 터지다〉 일부)와 "그대의 눈빛"이 상호 교차하여 자연에게는 인간학적 문양을 입히고, 인간에게는 자연의 저 비의적 합일의 순간을 몽상하게 만드는 그 경지가 바로 홍해리 시인의 지향점이다. 모든 인간적 태도를 "빛"으로 감싸고 "약"으로 위무하는 시인. 모든 말–자연 속에 감성의 옷을 입히는 시인. 시인은 본 자이자, 그리워하는 자인데, 언제나 이중적 태도를 견지하면서 그 양자를 매개 실천하는 중간자이다. 왜냐하면 그러한 태도만이 시인을 시인이게 만드는 것이기 때문이다. 얼치기 시인이 난무하는 세상. 시의 기본적인 어법도 모르는 가짜 시인이 판을 치는 세상. 새로운 것과 쇼킹한 것에만 몰두하는 세상. 홍해리 시인의 자연에의 조응적 태도는 분명 고루한 것이거나 진부한 것인지도 모른다. 그것은 21세기의 시의 문법이 요구하는 것과 너무도 다른 궤도에서 작동하고 있는 것만은 분명하다. 허나 너, 나, 그리고 우리는 네겐트로피로 존재하는 것이 아니라, 엔트로피적 시간을 향유하다가 무無라는 시공간 속으로 귀의하지 않는가. 따라서 새로움을 지향하는 모든 삶-시간-세계라는 것도 결국에는 무에 도달하게 되어 있다. 그러한 의미에서 볼 때, 홍해리의 시말들은 구태이거나 진부한 것이 아니라, 모든 사태의 원상을 사유하게 만드는 말-자연이다.

3. 사랑 혹은 에로티시즘 : 성-자연의 시적 구현

홍해리의 시말들의 특징적 국면 중에 간과해서 안 되는 것이 하나 있다. 그것은 자연과 조응하는 변이적 국면인데, 시인은 자연의 내밀한 작용력을 성적 코드로 변환시킨다. 말하자면 자연이 스스로 그렇게 되어지게 만드는 그 상태를 '열림'이라는 성적 이미지와 병치시켜 자연현상을 해부하고 있다. 하여 홍해리적 에로티시즘은 성-리비도를 감각적 욕망으로 충족시키는 것이 아니라, 자연의 순수한 작용력, 즉 성-자연이다. 그것은 조르주 바따이유의 '죽음까지 파고드는 삶으로 명명된 에로티즘'도 아니고, 그렇다고 프로이트적 자기보존본능의 에로스적 실현도 아니다. 엄밀히 말해서 홍해리의 에로티시즘은 성적인 것이 거세되어 있다. 왜냐하면 그것은 욕망하는 자아의 성기 결합이 아니라, 자연의 이법이 펼쳐내는 저 숭고한 사랑의 원초적 감정에 순응하는 국면이기 때문이다.

말초된 감각적 성의 향유가 아니라, 성-자연의 실현. 혹은 에로티시즘의 자연화. 어쩌면 홍해리가 지향하는 성-자연은 무치 無恥인 성, 그 본모습으로의 회귀인지도 모른다. 본래 성은 소유의 양식이 아니었다. 그렇다고 인륜적 가치를 함의하고 있는 예의의 공간도 아니었다. 매혹되어 자연스레 이끌리는 호르몬 분비. 성의 발현은 그 형식이 어떻든 간에 자연이다. 그것은 인간학이 아니라 자연학이다. 말하자면 성의 실현은 이미 예정된 종의 법칙에 따라 운명을 살아낸 흔적이자 결실이다. 성은 종의 미래이자 자연의 영속성을 유지하기 위한 위대한 기획이다. 그런데 이러한 성의 구현방식에 타부 규칙과 같은 윤리가 생성됨에 따라 성-자연은 왜곡되어 인륜적 성이 된다. 예와 염치로 치장하여 성-자연을 문명화된 성으로 치환시킬 때, 성은 문화의 독립적 형식이 된다. 그러나 홍해리의 시말들은 감각의 작용력이 펼쳐내는 문화적 삶으로써의 성이 아니라, 본래적 성-자연을 투명하게 그려내고 있다.

애 배는 것 부끄러운 일 아닌데
그녀는 왜 꼭꼭 숨기고 있는지
대체 누가 그녀를 범했을까
애비도 모르는 저 이쁜 것들, 주렁주렁,
스스로 익어 벙글어지다니

은밀이란 말이 딱 들어맞는다

오늘밤 슬그머니 문지방 넘어가 보면

어둠이 어둡지 않고 빛나고 있을까

벙어리처녀 애 뱄다고 애 먹이지 말고

울지 않는 새 울리려고 안달 마라

숨어서 하는 짓거리 더욱 달콤하다고

열매 속에선 꽃들이 난리가 아니다

질펀한 소리 고래고래 질러대며

무진무진 애쓰는 혼 뜬 사내 하나 있다.

  — 〈무화과無花果〉 전문

에로스적 사랑은 무치無恥와 염치廉恥 사이에서 펼쳐지는 감각
의 작용만을 의미하지 않는다. 사랑은 은일할 수도 있고, 아주 격
렬한 유혹의 기표일 수도 있다. 성-자연이든 문명화된 성이든 상
관없이, 성은 그 자체로 생-세계를 살아낸 삶의 한 부분이다. 생
로병사의 무한순환을 이룩해가는 에로스. 한 세대에서 다음 세대
로 종의 역사를 실현시키는 성. 문제는 성 자체가 발현하는 방식
에 발생하지는 않는다. 진짜 문제는 성행위 속에 수반되는 쾌락과
그 쾌락을 독점하고 싶은 욕망에서 비롯한다. 조르주 바따이유가
《에로티즘》에서 성과 성의 주변에서 벌어지는 그 모든 사태를 '죽
음까지 파고드는 삶'이라고 명명하지 않았던가. 성은 성행위 당
사자에게는 죽음을 전제로 한 일종의 모험적 사태를, 종의 역사를
실현하는 다음 세대에게는 빛이 아닌가. 성은 죽음이면서 삶이고,

삶이면서 죽음인 양가적 실체가 아닌가. 아니 성은 쾌락의 패러독스 위에 기술되는 존재의 마법이 아닌가.

쥬이상스적 쾌락의 성공적 실현만이 다음 세대를 배태할 수 있다. 그것은 일종의 특권이다. 그것은 성-자연의 적극적 실현이자, 건강한 주체만이 그것을 성공적으로 실현시킨다. 하여 "애 배는 것 부끄러운 일 아니"다. 그것은 "스스로 익어 벙글어지"는 것이고, 성-자연이 부여한 소명의 실현이다. 물론 홍해리는 무화과의 은밀한 사랑방식을 시말 속에 육화시켜 인간의 성적 사태를 교묘히 이접시키고 있기는 하지만, 시인이 지향하는 에로스는 무화과 꽃대 속에 숨어 핀 꽃과 같은 사랑이다. 은두隱頭 꽃대 속으로 벌을 유혹하여 정받이하는 은일한 사랑을 몽상하고 있다. 어둠을 빛나게 하는 "혼 뜬 사내"와 "그녀"의 합일. 눈빛의 교환 혹은 오나니를 주고받는 부드러운 손길. 유혹하고 유혹받기. 사랑은 은일함 속에 불타는 정열적인 합일이다.

허나 무화과꽃은 죽음 위에 기술되는 사랑학을 실현하고 있다. 비록 시인이 그 사랑의 실체를 "은밀"이라고 말하고 있기는 하지만, 기실 그 은밀이라는 것도 따지고 보면 꿀과 화미로 벌을 유혹하는 죽음의 향기이다. 은두 꽃대 안은 여성의 자궁 안에서 죽는 남성이거나 쾌락과 죽음이 공존하는 공간이다. 시인이 그 사랑의 발현 방식을 "숨어서 하는 짓거리 더욱 달콤하다"고 말하지만, 어찌 그것이 달콤하기만 하겠는가. 꽃대 안에서 혼이 떠 죽은 벌, 두려워 벌벌 떠는 벌의 죽음 제의는 무화과가 오르가슴에 도달하는 사랑방식이다. 은밀하게 유혹하여 정받이 한 자를 죽이기.

언제 바르게 살아 본 적 있었던가

평생 사내에게 빌붙어 살면서도

빌어먹을 년!

그래도 그거 하나는 세어서

밤낮없이

그 짓거리로 세월을 낚다 진이 다 빠져

축 늘어져서도

단내 풍기며 흔들리고 있네.

마음 빼앗기고 몸도 준 사내에게

너 아니면

못 산다고 목을 옥죄고

바람에 감창ᴮ唱소리 헐떡헐떡 흘리는

초록치마 능소화 저년

갑작스런 발소리에

소스라치게 놀라, *花*들짝,

붉은 혀 빼물고 늘어져 있네.

　　－〈능소화〉 전문

　홍해리에게 있어서 꽃은 시인의 아니마적 실체이거나 즉자적
성 모랄이 현현된 실체일지도 모른다. 왜냐하면 시인은 꽃의 생태
학적 존재 양태를 주밀하게 살펴 그것을 사랑학으로 치환시키기
때문이다. 앞서 언급한 〈무화과無花果〉처럼, 시 〈능소화〉도 동일

한 방식으로 시말이 전개되고 있다. 흡반 뿌리로 다른 나무를 타고 오르는 덩굴식물인 능소화를 소실이나 창기쯤으로 여기면서 숙명적 사랑이나 불륜적 사랑의 지점을 응시하고 있다. 분명 시인은 능소화 꽃문양 속에 새겨진 사랑의 기호를 읽어내면서, 그 사랑의 정체를 규명하고 있다. 어쩌면 사랑은 그렇게 살도록 되어져 있는지도 모른다. 하여 사랑은 숙명이다. 사랑은 교환되는 눈빛이나 몸의 감각이 아니라, 이미 운명 지워진 기표의 흐름이다. 사랑은 인연의 사슬이 지정하는 코드대로 풀려 사랑을 사랑하게 되는데, 그것은 사랑의 타자와 온전한 합일을 이룩하지 못한다.

능소화의 사랑은 슬픈 사랑이다. 그것은 영과 육이 완결적으로 합일된 사랑이 아니다. 불완전한 사랑, 하여 "진이 다 빠"지도록 부둥켜안아 밤낮없이 온몸을 애무하고 성기 결합을 감행하지만, 능소화의 사랑은 항상 무엇인가 결핍된 사랑의 빈 지대로 끊임없이 회귀하고 있다. 허무다. 불안하다. 몸도 마음도 다 주었지만, 교태스러운 몸짓과 교성스런 비음으로 유혹도 해보았지만, 능소화는 한 번도 사랑-주체가 되지 못한다. 허나 그것은 운명이다. 허나 그것은 그렇게 살도록 결정 지워진 능소화의 사랑방식이다. 비록 "평생 사내에게 빌붙어 살"기는 하지만, 능소화에게 있어서 사랑을 하고 사랑을 꿈꾸는 것은 그가 존재하는 이유이다. "나는 맷중쇠 중심을 잡고/너는 매암쇠 정을 모아다/설움도 아픔까지 곱게 갈"(〈연가-지아池娥에게〉 일부)듯, 영과 육이 상호 혼용되는 사랑을 꿈꾼다. 허나 실패한 사랑. 허나 사랑의 타자를 온전하게 붙들어 매지 못하는 사랑. 사랑의 방정식 속에 기입된 운명의 기호.

무등無等의

산록

금빛

화관을 이고

황홀한

화엄세계를

꽃

한 송이로

열고 있는

여자女子.

— 〈금란초金蘭草〉 전문

　여자란 무엇인가. 여자란 육체적 성징으로 구분되는 하나의 표
면적 기표인가, 아니면 저 절대의 지점으로 무한 수렴해갈 수 있
는 절대적 기의인가. 여자란 무엇인가. 시인이 여성의 본질적 국
면을 안개에 비유하면서 "오리무중, 속수무책, 정부"로 표현하는
동시에 "텅 빈, 눈물뿐인, 주머니가 없는"(〈안개를 말하다〉 일부)
등등으로 의미 규정했을 때, 여자란 시인에게 어떤 의미인가. 아
니마인가, 인간학적 사태인가. 물론 여성은 남성의 대극점에 위

치하는 하나의 존재론적 실체이다. 그런데 홍해리는 그러한 여성의 본질적 국면을 세속적 사랑의 함수로 다층화시키는 동시에, 여성의 여성성을 고양 승화시켜 절대의 지점으로 이입해 들어가고 있다.

시 〈금란초金蘭草〉는 그러한 경우의 적확한 예인데, 시인은 아니마적 실체인 여성을 통해서 화엄의 세계를 투시하게 된다. 대저 화엄이란 무엇인가. 저 화광동진和光同塵이나 성속일여聖俗一如의 경지에 도달하는 순간을 꽃이 매개할 때, 그 꽃의 정체는 무엇인가. 화엄은 노란 꽃망울 속에서 피어나는 열락의 순간인가, 무등無等의 그늘인가. 화엄은 무등이다. 화엄은 너와 나의 등급을 무등으로 되돌려 보내 우리로 만든다. 화엄은 평등이자 우리이다. 화엄은 모든 것을 포용하는 상생의 힘이다. 화엄은 이 세계 전체를 축복의 공간으로 질적 비약시키는 의식의 힘이다. 시인이 꽃을 매개로 화엄의 세계를 여는 순간, 그것도 "금빛/화관을 이고" 화엄의 찬란한 광휘를 응시한 순간, 이 세계는 평등과 평화가 구현된다.

어쩌면 여성적인 것의 완결적 국면은 모든 것을 포용하는 사랑의 힘인지도 모른다. 비록 홍해리 시인이 자신의 내적 자아인 아니마(혹은 꽃 상징)를 성-자연이나 인륜적 성의 함수로 풀어내기는 했지만, 시인의 궁극적인 사랑학은 분별지를 소멸시키는데 있다. 사랑은 평등이다. 사랑은 한쪽으로 치우친 규범화된 인륜성이 아니라, 범성적인 인간애이다. 시 〈금란초金蘭草〉는 그러한 사랑의 본질을 화엄으로 고양시키고 있다. 성-자연의 품에 안겨 에

로틱한 성적 사태를 거세시켜 무성성asexuality을 실현시킨다.
아니마와 아니무스가 대극 통일된 저 절대적인 자기self를 실현
시키는 그 경지가 시인이 지향하는 화엄의 순간인지도 모른다.

4. 파르마콘으로써의 글쓰기 : 시, 시인, 시말

시가 시인에게 운명으로 다가올 때, 혹은 시의 수인에 감금되
어 어찌하지 못할 때, 시는 약인 동시에 독이고, 삶인 동시에 죽
음이다. 시, 시말, 시인 등의 의미론적 층위에 영혼이 응고될 때,
시 쓰기는 그 자체로 파르마콘이다. 허나 문자와 말의 경계에 위
치하는 시말. 랑그이면서 파롤인 시말. 허나 "마음의 독약, 영혼
의 티눈, 눈물의 **뼈**"(〈나의 시 또는 나의 시론〉 일부)로 작용하는
시혼. 이를테면 시인의 글쓰기는 양가성 위에서 역동하고 있다.
표현된 것과 표현의 심연과의 괴리. 아름답게 순치된 세계와 고
통 속을 헤매는 영혼 사이의 갈등. 홍해리가 자신의 시 또는 시론
을 파르마콘적 심급 위에서 기술할 때, 그의 시들은 분명 고통과
아픔에 관한 기록이라는 사실을 직감하게 된다. 그리고 그가 정
언적으로 "시 쓰는 것이 무덤 파는 일"(〈나의 시는 나의 무덤〉 일
부)이라고 규정했을 때, 홍해리의 시 쓰기는 시 속에 언표된 평정
상태와는 달리 불행한 의식에 침윤되어 있다.

이 이율배반적 사태가 시, 시인, 시말 사이를 관통할 때, 혹은
시말의 외면과 시인의 내면 사이에 불협화음이 일어날 때, 시인
에게 시 쓰기란 어떤 의미인가. 물론 "눈물의 **뼈**" 속을 후벼 파는
고통의 승화지점에서 시말이 용솟음치기는 하겠지만, 우리는 내

적 고통과 시적 형상화 사이에서 벌어지는 코드변환 작용을 정확하게 이해할 수 없다. 왜 시말은 "영혼의 티눈" 속에서만 움터오는가. 왜 시말은 "마음의 독약"을 위약으로 코드변환 시킨 후에 아름답게 승화되는가. 도대체 어떤 마음이 시말에 얹힐 때, 시는 시대의 안이면서 바깥으로 작동하는가. 시인의 시적 서정이 내적 상흔의 지점에서 발원하여, 낭만적 자연성의 순수를 시말 속에 육화시킬 때, 이 아이러니적 시적 사태는 무엇을 의미하는가. 상처를 승화시킨 기표는 반드시 아름다운 영혼의 울림인가. 도대체 우리는 어떤 시의 심급 위에서 시말을 예인하여야 하는가. 솔직히 말해서 홍해리의 시적 파르마콘은 너무 간극이 커 내면과 외면을 동시적으로 평가하기가 어렵다. 다시 말해서 고통 속에 피어난 시혼의 심연을 헤아리면서 시말의 순백한 서정을 싱크로나이즈하게 논평하는 것이 그리 쉽지만은 않다.

　위의 금액을 정히 차용하였으나 지금은 이자는커녕 원금조차도 반제할 수 없을 뿐만 아니라 앞으로도 얼마나 더 차용할지도 모르지만 이 금액을 죽을 때까지 조금씩 지불하되 만일 약속을 이행하지 못할 경우 어떤 법적 조치도 감수하겠기에 이 각서에 명시합니다.

　　－〈차용증/각서〉일부

시인에게 시 쓰기란 상처 난 영혼의 환부를 치유하는 파르마콘인가, 독으로써 작동하는 파르마콘인가. 약인 동시에 독인 파르마콘. 시의 비등점과 언표점의 의미적 층위가 불일치할 때, 우리는 그것을 어떻게 이해하여야 하는가. 혹은 동전의 앞뒷면처럼 독성분과 약성분을 공유하고 있는 파르마콘의 약리작용을 어떻게 순치시킬 수 있는가. 일단 이 물음에 대한 답을 유보해두기로 하자. 왜냐하면 시인 홍해리의 시적 출발점은 파르마콘이 아니라 뮤즈-자연이기 때문이다. 다시 말해서 〈차용증/각서〉는 시의 정전인 뮤즈-자연으로부터 소재는 물론 시적 영감까지도 차용하여 시에 관한 모든 것을 육화시키겠다는 일종의 서원誓願이기 때문이다. 하여 시인은 자신의 시가 근거하는 지점을 정확하게 약정하기에 이른다. "단 나의 시는 풀 물 꽃 흙 나무 하늘 사랑 바다 사람임"이라고 결의에 찬 어조로 단서조항을 부기附記하면서, 시인 홍해리는 시와 시를 둘러싼 모든 것들을 운명적 실체로 승인하고 있다. 시말의 비등점은 자연이다. 시말의 비등점은 말-자연이 소생하는 지점이다. 허나 시인은 뮤즈-자연의 시혼을 빌려 쓴 자이다. 말하자면 홍해리의 시들은 자연-기호를 시말-기호로 치환시켜 말-자연을 적극적으로 실천하고 있다. 그런 의미에서 볼 때, 시 〈차용증/각서〉는 시인의 시적 출발점이자, 시가 무엇을 지향해야만 하는지를 여실히 보여주고 있다. 시란 마음의 독으로 작용하는 파르마콘을 혹은 마음속에 깊이 새겨진 내적 울혈을 자연의 순결한 시혼으로 치유하는 약리적 파르마콘이다.

시詩의 나라

우이도원牛耳桃源

찔레꽃 속에 사는

그대의 가슴속

해종일

까막딱따구리와 노는

바람과 물소리

새벽마다 꿈이 생생生生한

한 사내가 끝없이 가고 있는

행行과 행行 사이

눈 시린 푸른 매화,

대나무 까맣게 웃고 있는

솔밭 옆 마을

꽃술이 술꽃으로 피는

난정蘭丁의 누옥이 있는

말씀으로 서는 마을

그곳이 홍해리洪海里인가.

　　– 〈홍해리洪海里는 어디 있는가〉 전문

　큰 바다를 시의 마을로 삼는 시인. 시의 바다에 영혼을 기투하는 시인. 말과 말 사이에서 말의 위의를 예인하는 시인. 洪海里는 기표다. 그것은 결코 기의일 수 없다. 그것은 말과 말이 역동하는 순수한 시말의 비등점이다. 그것은 시말의 소생점인 바, 행과 행 사이를 마구 요동쳐 "詩의 나라"를 꿈꾸는 시인의 가슴이다. 洪海里는 시혼이 주소하는 공간이다. 洪海里는 까막딱따구리가 바

163

람과 물소리와 한데 어울려 저물녘 시적 몽상이 일어나는 공간이다. 洪海里는 마음이다. 洪海里는 어디에나 있기도 하고 이 세계 속에 없기도 하다. 하여 洪海里는 공간이면서 공간이 아니다. 洪海里는 유有이면서 무無이고 무이면서 유이다. 洪海里는 U-topia(이 세상에 없는 곳)이면서 Utopia이다. 洪海里는 존재와 비존재의 경계인 바, 그것은 의미도 아니고, 의미가 아닌 것도 아니다. "꽃술이 술꽃으로 피는" 마을, 그 마을이 바로 洪海里다. 따라서 洪海里는 시의 변곡점이다. 시와 시의 위의를 사유하면서 시인 홍해리는 기표 洪海里에 의미의 옷을 찬란하게 입히고 있다.

단언컨대, 洪海里는 모든 기의를 수용하는 원문자이거나 메타기호인데, 시인의 시말은 "말씀으로 서는 마을" 어디쯤을 배회하면서 시, 시말, 시인의 존재론적 양태를 키질하고 있다. 시 〈홍해리洪海里는 어디 있는가〉는 시적 발상 면에서 보나, 시에 대한 태도 면에서 보나 아주 탁월한 작품인데, 시인은 시의 원문자와 같은 메타기호 洪海里를 통해서 자신의 시적 정체성을 탐색하는 것은 물론 시인이 어디에 위치해야 하는가를 숙고하고 있다. 세계와 세계 사이에, 행과 행 사이에, 그리고 세계와 행 사이를 아주 예민한 시선으로 들여다보면서 시인 홍해리는 시의 고향인 洪海里(넓고 큰 시의 마을)를 찾아가고 있다. 하여 洪海里에는 무릉도원이 있고, 시인이 있고, 시말이 있고, 시가 있다. 洪海里는 홍해리다. 洪海里는 시인의 길찾기다. 洪海里는 순정한 시혼이 깃들여 있고, 시인이 찾고자하는 미완의 꿈이 있다. 시가 있는 그 모든 곳이 바로 홍해리가 찾는 洪海里의 실체이다.

소한小寒날 시수헌詩壽軒에 모인 소인騷人들

술판이 거나해지자

어초漁樵 처사 시수헌이 아니라 시주헌詩酒軒이군 하니

임보林步 사백 시술헌으로 하자 하네

서우瑞雨 사백 '수壽' 밑에 ㄹ(乙)자를 그려 넣었다

오, 우리들의 시수헌이여

'수'자에 획 하나 더해 '주'가 되든

받침 하나 붙여 '술'이 되든

시 속에 술이 있고

술 속에 시가 있어

시쟁이들의 시수헌은 따뜻하고

술꾼들의 시수헌은 눈부시다

오오,

시수헌의 달빛은 오늘밤도 푸르고 차다.

    – 〈시수헌의 달빛〉 전문

  홍해리가 지향하는 시말의 비등점은 소인에 응고되어 있다. 이를테면 소인騷人은 시에 들뜬 자이자 시의 위의를 근심하는 자인데, 소인은 이 세계와 절연한 채, 시말 속에 자신의 존재론적 운명을 기투하는 자들이다. 〈시수헌의 달빛〉은 아름답고 숭고하고 시적 재치가 넘쳐나는 시인데, 시인은 "푸르고 차"가운 시의 정신성을 시말로 예인 중이다. 비록 파자놀이를 통해서 시말놀이를 전개하고 있지만, 시수헌을 시주헌이나 시술헌으로 만들어 가면서 취흥을 돋우고 있다. 달과 술의 몽상. 혹은 시와 술의 변증적 사유. 또는 인간애가 넘쳐나는 시의 공간. 시란 무엇인가. 시인이 시수헌의 달빛을 바라보면서 취흥에 빠져들어 따스한 마음을 몽상하지만, 도대체 인간에게 시란 무엇이며 어떤 의미인가. 시를 위한 시인가, 아니면 인간을 위한 시가 시의 본질인가.

〈시수헌의 달빛〉은 시의 약리작용을 사유하면서 시의 파르마콘을 부드럽게 감싸 안고 있다. 시의 파르마콘은 술이다. 시의 파르마콘은 푸르고 찬 정신이다. 시의 파르마콘은 따스하지만 눈부신 광휘이다. 시의 파르마콘은 술판이다. 소인들이 시의 제전을 향유하는 그 말, 그 언어, 그 시말이 바로 시적 파르마콘의 실체이다. 하여 시의 파르마콘은 세계-자연을 시말로 육화시켜 삶-세계를 살만한 공간으로 만들어 버린다. 시수헌에는 시가 있고, 술이 있고, 세상 시름 잊고 시말을 사유하는 아름다운 시인이 있다. 달빛과 가슴시린 인간애가 시수헌의 밤을 밝히고 있다.

5. 글을 나오며 - 시인을 위하여

대저 시인이란 어떠해야 하는가. 무릇 시인이란 어떤 부류의 인간형인가. 시인이 시인을 사유할 때, 시인이란 기표는 무엇을 지시 표상하는가. 도대체 어떤 시의 삶을 살아야만 진정한 시인이라고 말할 수 있는가. 시인은 아이다. 시인은 시대의 바깥이다. 시인은 무소유다. 시인은 그저 시 속에 파묻혀 시만 생각하는 자이다.

뮤즈-자연에 저당 잡힌 채, 차용증과 각서를 쓰는 시인. 자연과 자연이 펼쳐놓은 문양을 아름답게 승화시키는 시인. 그 시인이 홍해리가 아닌가. 영혼이 맑고 투명한 시인. 자연을 시말로 치환시키는 시인. 그 시인이 바로 홍해리가 아닌가. 시와 시적 삶을 위해 온 마음을 바친 시인. 세월과 삶 전체를 시 속에 녹여낸 시인. 바로 그 시인이 홍해리가 아닌가. 시와 시인과 시말을 위해서 한평생을 바친 홍해리라는 시인. 洪海里라는 원문자와 메타기호를 찾아 한평생을 허비한 시인. 그가 바로 홍해리가 아닌가.

> 시도 때도 없어,
> 세월이 다 제 것인 사람
>
> 집도 절도 없어,
> 세상이 다 제 것인 사람
>
> 한도 끝도 없이,
> 하늘과 땅 사이 헤매는 사람
>
> 죽도 밥도 없이,
> 생도 사도 없이 꿈꾸는 사람.
>   - 〈시인〉 전문

국립중앙도서관 출판시도서목록(CIP)
비타민 詩 : 홍해리 시선집 / 홍해리 [지음]. -- 서울 :
우리글, 2008 p. ;   cm. -- (우리글 대표시선 ; 13)
ISBN 978-89-89376-90-3 04810 : \8000
ISBN 978-89-89376-26-2(세트)
한국 현대시[韓國 現代詩]
811.6-KDC4   895.715-DDC21
CIP2008003065

비타민 詩

펴낸날 | 2008년 10월 24일 • 1판 1쇄
지은이 | 홍해리
펴낸이 | 김소양
편집주간 | 김삼주
편집 | 이윤희, 김소영

펴낸곳 | 도서출판 우리글 • 전화 | 02-566-3410 • 팩스 | 02-566-1164
주소 | 서울시 강남구 역삼동 837-17 삼성애니텔 1001호
이메일 | wrigle@wrigle.com • 홈페이지 | http://www.wrigle.com
출판등록 | 1998년 6월 3일 제03-01074호.

도서출판 우리글 2008
Printed in Seoul, Korea

ISBN 978-89-89376-90-3
        89-89376-26-2 (세트)